Couverture Illustrée par Krystel Jacob

www.krystel-jacob.com

ISBN 978-2-9541732-9-0

Krystel Jacob

Fiche-moi la paix,

Cupidon !

Éditions Gallimimus

1
Vive les vacances, les souris dansent...

Dans la vie, ce qu'il y a de bien, c'est que tout a une fin...
Plus qu'une journée de boulot et ce seront les vacances
d'été ! Bien méritées, après une année passée à courir après
une promotion (que vous n'avez pas obtenue), mais que vous
étiez en droit d'espérer pour avoir supporté, sans broncher,
les humeurs de votre patron.

Monsieur Courtevue n'est pas en soi un homme désa-
gréable. Petit bonhomme rond, très avenant au premier
abord, il vous a franchement impressionnée lors de votre
entretien d'embauche en vous la jouant *je serai votre meilleur patron*. Oui, la boîte idéale existe et vous l'avez trouvée !
Produits high-tech, petite équipe dynamique et sympathique,
prime de fin d'année potentiellement substantielle et perspec-
tives d'évolution intéressantes.

 – Le salaire de départ est un peu bas, mais vous verrez,
vous progresserez vite une fois que vous aurez fait vos
preuves ! vous a promis le petit homme.

Ce qui a achevé de vous séduire a été sans conteste son
petit laïus sur l'autogestion.

 – Ici, pas d'horaires ni de pointeuse, Mademoiselle
Jane. Seul le résultat compte ! C'est ce que nous appelons la
performance globale.

Monsieur Courtevue fait partie d'une association de
patrons débutants qui prône le rapport gagnant-gagnant avec
ses salariés.

Le principe est simple et semble logique : plus la boîte gagne de sous et plus les gentils salariés qui y ont contribué en gagnent aussi.

Alors, on les bichonne les gentils salariés, on leur offre des formations à la gestion du stress, on respecte leur rythme biologique : ceux qui sont plutôt du matin, ceux qui bossent tard le soir... le mieux étant d'être du soir ET du matin.

Vous vous rendrez compte très vite, que même si vous arrivez aux premières lueurs de l'aube (alors que Monsieur Courtevue est encore dans les bras de Morphée ou d'Isabelle, sa femme), il est très mal vu de filer à 16 heures avec son sac de sport sous le bras. Même si vous avez travaillé d'arrache-pied dix heures non-stop pour faire grossir le tas de sous.

Et quand vous aurez compris qu'il a la fâcheuse habitude de programmer les réunions d'équipe à 19 h 00 pour ne pas perturber le fonctionnement interne de l'entreprise, vous ferez comme tout le monde et arriverez vers 10 h 00. Tant pis si vous êtes plus efficace le matin !

Il vous aura donc fallu trois mois pour admettre que *Courtevue & Associates* (encore sa femme) était assez éloigné du pays des Bisounours et trois autres pour cerner les subtilités de fonctionnement de votre petit patron. Derrière son air enjôleur et ses « Vous êtes ma salariée préférée », se cache quelqu'un de sournois et manipulateur. Vous qui pensiez être unique vous êtes laissé berner comme une bleue !

Vous avez fini par y voir clair lors d'une soirée bien arrosée avec quelques collègues qui côtoient votre patron depuis bien plus longtemps que vous.

En réalité, Monsieur Courtevue passe son temps à monter les membres de l'équipe les uns contre les autres, diviser pour mieux régner dit-on... À ce petit jeu, certains y ont perdu la tête! Un brin paranoïaque, il vous tire les vers du nez pour savoir qui-a-dit-quoi-sur-lui.

Une fois prévenue, vous avez rallié le petit comité de résistance *motus et bouche cousue* et avez compris qu'il existe une différence fondamentale entre les salariés et le patronat, performance globale ou pas.

Vous ne faites plus partie depuis ce jour de ses salariés chéris. Vous vous en remettrez.

19 h 00.

Monsieur Courtevue termine son monologue sur les objectifs non atteints et sur les bouchées doubles que nous devrons mettre à la rentrée si nous ne voulons pas pointer au chômage l'année prochaine.

La prime de fin d'année sera moins substantielle que prévu… Sur ce, il nous souhaite de bonnes vacances en nous rappelant que lui n'en prendra pas.

Jeff, le designer, termine de griffonner son croquis, caricaturant l'un des membres de l'équipe, comme à son habitude. Il a rempli un nombre incalculable de petits carnets durant ces non moins interminables réunions. Mais personne ne lui dit jamais rien. Il ne faut pas contrarier un esprit créatif. Et il en profite bien !

Aline, l'assistante de Monsieur Courtevue, une grande fille à l'air revêche et lèche-botte de première, acquiesce à chaque parole de son patron chéri d'un air compatissant. Elle est la mieux placée pour savoir que le tas de sous ne grossit pas assez et nous fait bien comprendre que nous, les *sales engineers,* faisons mal notre boulot.

Et vous, vous êtes en train de passer en revue la foule de choses que vous avez encore à faire avant votre départ en vacances… Vous êtes en train de penser qu'il faudrait garder un peu de temps pour une séance d'épilation si vous voulez pouvoir arborer votre nouveau maillot sans passer pour une de ces nouvelles décroissantes-écolos-bobos, lorsque Monsieur Courtevue vous sort de votre rêverie.

– Je vous demanderai, mademoiselle Jane, de rester joignable en cas d'extrême urgence.

Vous savez pertinemment qu'il vous appellera à peine arrivée à l'aéroport pour vous demander où vous avez bien pu ranger le dossier de la compagnie Duchmol, laissant sous-entendre que vous n'avez qu'à mieux classer vos papiers si vous ne souhaitez pas être dérangée.

– Heu, bien entendu, Monsieur Courtevue, les clients avant tout! bafouillez-vous.

Cette année, vous avez décidé de partir quelques jours en Italie dans un *agritourismo* à côté de Florence.

VOUS est un bien grand mot! Car il faut bien l'avouer, vous avez freiné des quatre fers pour participer à ce voyage organisé par votre jules, auquel il a convié sa bande d'amis.

Ce n'est pas que vous les détestiez, mais leur présence systématique est devenue pesante, voire oppressante.

Lorsque vous rentrez chez vous le vendredi soir, après une semaine harassante, la première chose que vous voyez est Hugues (le meilleur ami de Jules), la tête dans le frigo.

– Y a plus de bière, Léa?

Sous-entendu, faudrait penser à en acheter, quelle mauvaise maîtresse de maison vous faites!

En tout cas, il doit faire de sacrées économies, car il dîne ici minimum six soirs sur sept. À croire qu'il n'a pas de frigo ou de chez-lui!

– J'ai le droit de recevoir mes amis chez MOI! vous réplique votre jules avec une moue boudeuse lorsque vous lui en faites le reproche pour la millionième fois.

Vous encaissez la mesquinerie sans relever car vous vivez, il est vrai, dans un magnifique appartement payé par papa et maman pour les 30 ans de leur fils chéri.

De toute façon, vous avez tout essayé : les grandes théories sur le couple et son intimité, les menaces et même la promesse d'une petite soirée coquine avec des cajoleries très spéciales dont vous ne donnerez pas les détails ici, pour ne pas choquer les esprits.

Vous avez bien tenté de faire l'article auprès de vos copines, mais rien n'y fait. Ce Hugues est collé à vos basques comme un vieux chewing-gum à un trottoir que même les machines à crottes de la ville ne sauraient déloger.

21 h 00

Vous tournez la clé dans la serrure et entrez dans un appartement silencieux. Ouf, personne dans la cuisine. Vous allez pouvoir passer une soirée tranquille à préparer vos affaires pour le grand départ.

Votre jules est dans la chambre et tourne autour des valises, l'air joyeux et un peu idiot, comme un chien qui tourne autour de sa queue. Vous n'en croyez pas vos yeux.

– Tu prépares tes bagages ?

– Eh oui ! Tu vois bien, tout est prêt ! vous annonce-t-il fièrement.

Vous jetez un coup d'œil au contenu de la valise. Il y a mis en vrac deux maillots de bain, un short et trois tee-shirts. Au milieu trônent ses Ray-Ban et sa PlayStation, emballée dans sa boîte d'origine, chaque petit cordon soigneusement enroulé dans du papier bulle. Vous vous apprêtez à sortir de vos gonds et à lui faire remarquer que vous ne partez pas dans un endroit de rêve pour le voir s'exciter devant un écran pour faire sauter Mario par-dessus les bananes tueuses, mais vous préférez ravaler votre salive, ainsi que les mots pas très gentils qui allaient avec. Vous lui faites simplement remarquer qu'il devrait peut-être prendre un pull en prévision de soirées un peu fraîches. Celle-ci promet de l'être lorsque Jules vous demande l'air de rien :

– Heu, tu fais quoi ce soir ? Avec Hugues, on a pensé que ce serait plus simple qu'il passe la nuit ici… pour partir ensemble à l'aéroport demain.

Vous vous sentez l'âme d'une cocotte-minute. L'arrivée de Hugues interrompt ce qui aurait pu devenir une scène mémorable dont vous avez le secret. Vous fulminez tout en souriant intérieurement, car vous venez d'apercevoir le câble d'alimentation de la PlayStation de Jules oublié dans le salon.

Ce n'est certes qu'une petite vengeance, mais vous jubilez en imaginant la tête de la bande lorsqu'ils s'apprêteront à partir à l'assaut des vilains monstres, armés de bières et de sachets de chips pour aider Mario à libérer sa princesse. Les pauvres choux, ce qu'ils vont être déçus. Désolée, princesse !

Vous ne vous occupez plus d'eux de la soirée et vaquez à vos occupations.

Pour gagner du temps, vous avez acheté la nouvelle crème dépilatoire Douchedoucevite qui s'utilise sous la douche. Ça vous a toujours énervée de rester toute nue, bras et jambes écartés dans la salle de bains, à laisser agir une crème censée désagréger tous vos poils en sept minutes. Une fois qu'elle est étalée, vous vous retrouvez avec les mains blanches et grasses, et vous ne pouvez plus rien faire, même pas tourner la poignée du robinet pour les rincer. Sinon c'est le robinet qui se retrouve plein de crème. Le temps d'aller dans la cuisine chercher une éponge pour nettoyer, vous avez dépassé le temps de pose. Vous vous retrouvez couverte de petites plaques rouges pendant deux jours, alors que vos poils, eux, sont toujours accrochés.

Vous restez un moment sous le jet glacé et laissez agir. C'est mieux. Sauf que vos poils sont toujours là ! Vous finissez par croire que vous avez une pilosité d'une autre espèce, indestructible, même pour les génies du marketing de chez Douchedoucevite. Vous emporterez un bon vieux rasoir dans votre valise, à l'ancienne, c'est plus sûr.

Vous grignotez les restes que les garçons ont eu la délicatesse de vous laisser, et passez un dernier coup de fil à votre copine Claire pour savoir si tout est prêt de son côté. Claire est votre meilleure amie depuis la maternelle, autant dire depuis toujours. Sa vie sentimentale, c'est un peu comme l'incessant ballet des saisons. On est sûr d'une chose, c'est que ça change tous les trois mois, mais on ne sait jamais comment sera le prochain été : pluvieux, torride ou moins beau que le précédent...

En ce moment, il y a Alex et Mademoiselle Météo nous prévoit un été plutôt chaud avec quelques perturbations orageuses.

– Alors, prête pour le grand départ ?

– Heu... oui...

Vous sentez à sa voix que quelque chose la contrarie.

– Et Alex, ça va ? demandez-vous innocemment.

– Heu... oui, il n'est pas encore rentré, il ne devrait pas tarder. Il m'a dit qu'il devait boucler quelques dossiers au bureau et finirait tard.

Vous en déduisez qu'Alex est allé boire un verre avec ses collègues et qu'on ne sait pas à quelle heure ni dans quel état il va rentrer. Alex est un mec adorable et très rigolo, mais il a quelques défauts. Notamment un goût très prononcé pour la fête et les petits cocktails qui vont avec. Il ne faut jamais, au grand jamais, l'envoyer faire une course passé 19 heures, sinon le charmant garçon se transforme en vilain crapaud et ne redevient lui-même qu'au petit matin. Vous la plaignez sincèrement. Votre père avait le même petit problème…

Il partait souvent un jour ou deux, quelquefois une semaine entière, tandis que votre mère, en pleurs, attendait près du téléphone. Souvent, une dame (jamais la même) finissait par appeler pour que vous veniez récupérer votre père, devenu trop collant à son goût. Vos parents avaient fini par divorcer, ce qui valait mieux pour tout le monde.

Vous changez de sujet et demandez à Claire si elle a déjà vu cette Ingemachinchose qui sera elle aussi du voyage.

– Non, jamais vu. Il paraît que c'est une nouvelle collègue de bureau de Luc, une Autrichienne, je crois, mais je n'en sais pas plus.

Luc devait venir accompagné de Laure, sa petite amie, mais celle-ci en avait décidé autrement : « Marre de la routine, envie de nouveautés, je ne t'aime plus pour le moment, je garde l'appartement, j'y ai tellement de souvenirs… », lui avait simplement dit sa nouvelle ex. Pauvre Luc ! Ça ne doit pas être facile pour lui de continuer à travailler avec elle. En tout cas, c'est vrai que c'est sympa de sa part de vouloir aider une étrangère à s'intégrer.

Vous le trouverez un peu moins charitable lorsque vous découvrirez la fameuse Inge, qui est en fait suédoise, vêtue d'un minuscule top blanc dissimulant à peine d'énormes *roploplos*.

00 h 00

Vous vous couchez enfin en pensant que demain, à la même heure, vous serez complètement détendue, étendue au soleil à ne rien faire.

2
Comme un avion sans ailes…

4 h 59 Driiiiiinnng

Quel bonheur d'entendre votre réveil sonner le premier jour des vacances ! Vous vous étirez comme un chaton et vous levez d'un bond, alors que lorsqu'il s'agit d'aller bosser, vous tapotez la touche dodo de votre portable toutes les dix minutes jusqu'à la dernière limite.

Vous vérifiez mentalement le contenu de vos bagages en savourant un petit café noir et brûlant comme vous l'aimez. Petit rituel matinal que même le plus valeureux des chevaliers n'oserait venir déranger sous peine de réveiller le dragon qui sommeille en vous, et qui pourrait bien cracher autre chose que du feu, surtout si vous ne vous êtes pas encore brossé les dents.

La tête hagarde de Hugues apparaît dans la cuisine. Mince, vous l'aviez oublié, celui-là. Vous grommelez un vague *bjour* et feignez d'être absorbée en griffonnant sur votre calepin pour ne pas avoir à entretenir la conversation. Vous faites néanmoins un effort pour être gentille, car en regardant vos quatre valises qui attendent sagement dans l'entrée, vous vous dites que pour une fois, sa présence pourrait bien se révéler très utile. Vous vous sentez de toute façon trop faible pour porter quoi que ce soit. Le patch tranquillisant que vous a prescrit le médecin commence déjà à faire son effet. Oui, vous avez une peur bleue de l'avion! Ils ont le chic pour s'écraser lorsque tout le monde part en vacances. L'été dernier, lorsque vous étiez en Espagne, vous n'osiez même plus ouvrir le journal. Une véritable série noire, quatre crashes en trois semaines. On a eu beau vous dire que l'avion restait le moyen de transport le plus sûr, vous avez fait demi-tour une fois arrivée en haut de la passerelle. Lorsque l'hôtesse vous a souhaité bon voyage, vous avez eu un flash.

– Madame l'hôtesse, il faut faire évacuer l'avion, il va s'écraser! Mais si, je vous jure, je sens ces choses-là… Je suis Léa Jane, l'extralucide (on y reviendra)!

La sécurité vous a fait rapidement sortir de l'appareil avant que les autres passagers ne veuillent en descendre à leur tour. Vous avez mis deux jours pour faire le trajet en car, seule, puisque votre jules vous a lâchement laissé tomber, mais soulagée d'avoir échappé à cette terrible catastrophe… Vous avez été très étonnée de le retrouver vivant à la maison et avez entamé une thérapie comportementale pour vaincre votre phobie. Des réunions de groupe où vous scandez tous en chœur : L'avion c'est pour nous, il ne partira pas sans nous! À moins que vous ne confondiez avec celle que vous avez entreprise pour arrêter de fumer.

Arrivés à l'aéroport, vous rejoignez la joyeuse petite bande devant le guichet d'embarquement. Vous avez à peine le temps d'embrasser tout le monde que vous sentez le sommeil vous gagner. Vous vous avachissez de plus en plus et finissez par vous endormir sur la première épaule confortable qui traîne à côté de vous. Ladite épaule finit par secouer la vôtre.

– Léa, réveille-toi, c'est l'heure!

– Quoi? grommelez-vous. Non, je ne me lève pas, je suis en vacances…

– Léa, il faut te réveiller, on embarque!

– Non ! Vous vous levez d'un bond. On embaaaaaaarque ?
Mais c'est impossible, je ne suis pas prête !

C'est horrible, l'angoisse vous oppresse, vous venez de
comprendre que :

1- L'effet tranquillisant du patch s'est complètement
estompé ;

2- Vous allez monter dans cet énorme cigare volant dont
vous ne pourrez plus descendre même si vous le demandez
très poliment ;

3- Que cette thérapie comportementale qui vous a coûté
un rein ne vous a absolument servi à rien. Vous êtes tétanisée,
point.

La gentille épaule vous soutient et vous guide comme une
grande malade vers la porte d'embarquement.

– Ça va aller, Léa, vous encourage-t-elle.

Votre jules ne remarque même pas votre état et vous
demande simplement s'il peut s'asseoir à côté de Fred, qu'il
n'a pas vu depuis des lustres, et à qui il a des tas de trucs
à raconter. C'est sûr, ce n'est pas comme si on partait en
vacances ensemble…

– Fais comme tu veux !

Vous vous en fichez complètement : tout ce que vous
voulez, c'est qu'on en finisse tout de suite ou qu'on vous
assomme jusqu'à l'atterrissage.

– Ne t'inquiète pas, tout va bien se passer… Installe-toi,
je vais rester à côté de toi, vous dit doucement celui qui vous
tient la main.

Vous vous apercevez qu'il s'agit de Luc. Vous vous asseyez
et tentez fébrilement de boucler votre ceinture, même si vous
vous demandez à quoi peut bien servir ce simple petit morceau de tissu en cas d'atterrissage d'urgence.

Vos voisins de derrière font un concours de blagues salaces
sur les hôtesses de l'air.

– Chutttttt !

Vous vous retournez et leur lancez votre regard le plus noir lorsque les hôtesses commencent à faire la démonstration des consignes de sécurité. Vous en êtes à l'étape délicate du gonflage du gilet de sauvetage et tirez d'un coup sec sur les petits cordons, comme indiqué. Pas simple, car vous devez maintenir en même temps votre masque à oxygène. L'hôtesse vous regarde d'un œil réprobateur. Vous savez qu'elles n'aiment pas qu'on teste le matériel, sans doute par crainte qu'un voyageur ne se rende compte que le sien est défectueux…

Une voix grave et sensuelle vous annonce :

– Votre attention, mesdames et messieurs, bienvenue à bord, je m'appelle Franck Dupiron, et je suis votre commandant de bord. Nous sommes maintenant parés au décollage. Nous vous souhaitons un agréable vol.

Et encore plus sexy avec l'accent du french lover :

– Your attention, ladies and gentlemen, welcome on board ! My name is Franck Dupiron, I'm your captain. We are now ready for take off. We wish you a pleasant fly.

Vous entendez les réacteurs vrombir de plus en plus fort et sentez la bétaillère volante prendre de la vitesse. Vous fermez les yeux et agrippez l'accoudoir de votre siège, à moins que ce ne soit le bras de Luc qui tente de vous détendre avec des paroles rassurantes. Vous êtes finalement ravie de ne pas être assise auprès de votre jules qui se serait énervé et vous aurait rappelé combien vous pouvez être puérile et stupide.

Vous volez désormais au-dessus des nuages et les hôtesses commencent à passer dans les rangs.

– Tu devrais prendre un petit verre, ça te ferait peut-être du bien.

Vous optez pour un gin très tonic et vous vous laissez même tenter par une deuxième tournée. L'alcool vous tourne légèrement la tête, de sorte que vous abreuvez Luc d'un flot ininterrompu de paroles. Votre vie agréable, mais qui manque de piquant, votre relation avec Jules qui dure depuis 5 ans, l'ombre de Véronique qui plane au-dessus de votre couple depuis que vous les avez surpris dans votre propre lit. Le pardon, mais pas l'oubli… Courtevue & Associates que vous aimeriez plaquer…

Soudainement, vous sentez que l'alcool commence à retourner votre estomac.

– Hoouuu, je crois que je vais être malade…

Vous tentez de vous lever, mais savez pertinemment que vous n'atteindrez jamais à temps les toilettes. Luc vous passe gentiment un petit sac prévu à cet effet dans lequel vous vomissez non moins poliment sans en mettre à côté. Vous n'osez imaginer la tête que vous devez avoir, l'œil vitreux, mascara version petit panda, le teint blafard et votre gilet de sauvetage toujours autour du cou.

Luc vous essuie délicatement le coin des lèvres avec une serviette citronnée rafraîchissante.

– Your attention, ladies and gentlemen, reprend la voix suave du haut-parleur. We are now ready for landing. Please fasten your seat belt until we arrive to the terminal. We hope you enjoyed this fly.

Et c'est reparti! Vous passez l'atterrissage enroulée autour de Luc, comme un poulpe géant, la tête enfouie au creux de son épaule, espérant que l'odeur de son parfum masque votre haleine fétide. Vous sentez votre cœur battre et resserrez votre étreinte sous le choc des roues touchant le tarmac.

L'avion termine tranquillement sa course, mais Luc vous maintient dans ses bras en vous caressant doucement la tête.

– Merci pour tout, Luc. Promis, je trouverai une autre victime pour le voyage retour. J'espère que ta nouvelle petite amie ne fera pas trop la tête!

– Ma petite amie ? J'aimerais bien, mais ce n'est pas le cas.

– Je pensais que… Inge et toi…

– Non, c'est une collègue de boulot, c'est tout !

À en juger par les œillades furieuses qu'Inge vous a lancées pendant tout le trajet, vous vous doutez bien qu'elle a d'autres ambitions.

– De toute façon, elle n'a rien à craindre ! dites-vous en vous dégageant brusquement.

Vous croisez le regard blessé de Luc et regrettez immédiatement vos paroles. Vous aimeriez souvent avoir la faculté d'activer le *rew and replay* comme sur un magnétophone.

– Je veux dire, je sors avec Jules et heu… tu imagines… Bonjour papa et maman, je vous présente Léa. Oui, celle qui a vomi sur moi au premier rencard ! lancez-vous avec un rire forcé.

Luc ne répond pas et s'engage dans l'allée. Vous le suivez d'un pas mal assuré. Vous avez encore la tête qui tourne et l'impression d'avoir avalé un sac de ciment.

Vous voici à Florence. Température de l'air : 35 °C. Le contraste avec l'air conditionné vous fait suffoquer. Vous retrouvez les autres autour des tapis roulants et attendez patiemment vos bagages. Ils se ressemblent tous et vous avez toujours la hantise de vous tromper. Une fois, vous vous êtes retrouvée avec les affaires d'une petite mamie, rondouillarde à en juger par la taille de ses balançoires à Mickey, et avez passé trois jours en blouse à fleurs, chapeau bibi et sans culotte (trop grandes aussi) jusqu'à ce qu'on retrouve votre valise.

Vous imaginez la tête de la mémé découvrant le contenu de la vôtre. Vous partiez fêter l'enterrement de vie de jeune fille de votre copine Cathy qui vit à Londres. Vous vouliez donc marquer le coup et lui aviez acheté pour l'occasion toute une panoplie de cadeaux assez sympas… Une tenue de bonne sœur version latex avec porte-jarretelles et cravache assortis. Un joli boulet de cheville avec menottes et petite chaînette en strass. Un Tee-shirt avec l'inscription « Mari ou amant, par qui je commence ? ». Et au verso « Vive la polygamie ! ». Quelques élixirs d'amour à base de phéromones de hamsters et un DVD très réaliste du Kamasutra avec des lunettes spéciales pour le visionner en 3D. Bref, le trousseau classique de la future mariée.

La petite mémé, effectivement plus ronde que longue, affublée d'un énorme poireau sur le nez, et qui n'avait pas franchement l'air d'avoir le sens de l'humour, a déboulé comme une furie. Elle vous a jeté ladite valise à la figure avec un air de dégoût ; valise dont le contenu s'est évidemment répandu dans le hall de l'aéroport sous le regard amusé des passants s'étant arrêtés pour profiter de l'instant.

Vous avez bien tenté de lui expliquer le pourquoi du comment de la chose, mais la petite dame ne vous écoutait pas, trop occupée à psalmodier.

– Juste pour rigoler… enterrement… de jeune fille…

– Vous devriez avoir honte !

Vous n'aviez aucune envie d'entrer dans une discussion sans fin et avez ramassé un à un les objets de la honte, la remerciant poliment et tendant l'autre joue. Tiens, vous aviez oublié ce magnifique sex toy Sonia Rykiel…

Une fois vos bagages récupérés et contrôlés, vous vous engouffrez dans un taxi qui vous dépose au pied de l'agriturismo « la *Metina* ». Un havre de paix à proximité d'un petit village pittoresque au nom prometteur : Montepulciano.

Monica, la propriétaire, vous accueille chaleureusement avec un petit verre de vin blanc bien frais de la propriété et vous fait visiter le magnifique domaine perdu au milieu des vignes. Les maisons d'hôtes sont charmantes et les transats vous invitent à piquer un petit roupillon. Vous êtes exténuée et n'avez qu'une envie : enfiler votre maillot de bain, vous prélasser au soleil et faire trempette dans la piscine.

Soudain, des éclats de voix vous tirent de votre rêverie. L'affaire au sommet qui excite tout le monde est l'attribution des chambres. Claire et Hugues ont pris les choses en main, mais sont aux prises avec un problème inextricable. Ils tentent de répartir les neuf convives entre les deux maisons.

L'une compte une chambre unique avec trois lits, et l'autre, deux chambres doubles et une chambre simple. Votre jules ne veut en aucun cas être séparé de ses deux amis, Fred et Hugues. Il est inconcevable de dissocier le jeune couple amoureux, Claire et Alex. Fred, accessoirement ex-petit ami de Claire, ne veut légitimement pas dormir sous le même toit que nos tourtereaux, et il serait indécent de faire partager la même chambre à de simples collègues de bureau. On a beau tourner et retourner le problème dans tous les sens, ça ne tombe jamais juste ! Deux options possibles : abattre une cloison ou couper l'un d'entre vous en deux. Tout le monde se tourne vers vous avec un air de chien battu. Vous êtes peinée de voir que personne ne se soucie de votre couple, pas même votre jules, et devinez aisément qui va encore devoir se dévouer. Fred, Hugues et Jules prendront la maison numéro un et pourront s'adonner à leur sport vidéo favori jusqu'au bout de la nuit (enfin, c'est ce qu'ils croient !). Le reste de la bande prendra la maison numéro deux, et vous, faisant franchement la tête, ferez chambre commune avec Inge la bimbo.

Vous observez votre poupée Barbie tout en défaisant vos bagages. C'est vrai que tout sonne faux chez cette fille : roploplos trop gros (on l'a déjà souligné, mais vous allez avoir du mal à vous y faire en les voyant ballotter ainsi toute la journée), cheveux trop blonds, yeux trop verts, jambes beaucoup trop longues. Bref, tout est trop, surtout pour celles qui doivent passer leur temps à rivaliser et ramasser les miettes des hommes qui se retournent sur son passage.

— Bonjour, mademoiselle!

— Bonjour... (Waouh, on s'adresse à vous!)

Papillonnement de cils, regard de braise, dégagé de cheveux en un geste gracieux et sourire ravageur.

— Dites, vous pourriez nous présenter à votre copine?

GRRRRRRR! Regard qui s'éteint, poils qui se hérissent et bouche en cul de poule.

— Vous n'avez qu'à faire vos commissions vous-même!

Inge s'apprête à rejoindre les autres pour cette soirée de bienvenue, arborant ce que vous pensiez être une nuisette. À en juger par le peu de place qu'occupent ses affaires dans l'armoire, vous imaginez qu'elle n'a pas l'intention de s'habiller davantage pendant le reste du séjour.

— Tou veux qué je te prête une collier pour ce soir? Cé bleu ira trop bien avec tes yeux.

Elle est sympa, en plus! Ça vous agace. Vous devez vous rendre à l'évidence : vous êtes simplement trop JA-LOU-SE!

— Heu, non merci, j'ai ce qu'il faut!

Vous n'allez tout de même pas commencer à sympathiser avec l'ennemie. Vous enlevez rapidement la petite tenue sportswear confortable que vous aviez prévu de porter et enfilez votre seule et unique robe de soirée. Malgré tout, vous vous sentez un rien godiche.

Votre programme du lendemain : relooking et shopping!

Un véritable calvaire pour vous. Eh oui, vous savez que ça peut paraître incroyable pour une digne représentante de la confrérie des blondes, mais vous n'êtes pas franchement adepte des séances d'essayage. Vous aimez les fringues, certes, mais pas au point d'endurer ça tous les week-ends. Faire vos courses le samedi dans des magasins bondés où des filles hystériques se bousculent pour attraper LA robe H&M du mois, la succession frénétique des « je m'habille », « je me déshabille » dans des cabines où vous n'avez jamais assez de place… Ça vous fatigue !

En plus, il n'y a jamais de miroir à l'intérieur, défilé obligatoire ! Vous finissez donc par sortir à moitié fagotée et un rien énervée. Heureusement, une vendeuse est toujours là pour intervenir, haussant les sourcils et s'agitant autour de vous avec ses petits doigts agiles.

– Non, non, non ! Ce n'est pas du tout comme ça que ça se porte !

Vous êtes rouge et en nage et lorsque vous demandez son avis à Jules, il vous répond d'un vague :

– Ch'sais pas, tout te va…

On est aidé avec ça ! Alors, maintenant, vous faites comme tous les jules de la terre. Quand il y a trop de monde, vous restez dehors !

Vous retrouvez les autres au bord de la piscine. Tout ce petit monde est détendu et sirote joyeusement un petit *vino nobile*. Fred a sorti sa guitare et vous entonnez tous en chœur quelques airs à la mode. Vous aimeriez bien savoir jouer d'un instrument. Vous vous imaginez agripper vos petits doigts à ces cordes raides en agitant frénétiquement votre longue chevelure rebelle sur le rythme des accords du solo de Jimmy Page dans *Stairway to Heaven* : *And as we wind on down the road, our shadows taller than our soul, there walks a lady we all know…*

Malheureusement, vous avez les cheveux courts et maîtrisez tout juste *Il s'appelait Stewball* à la flûte et encore, votre la mineur pèche toujours. Tant pis, vous avez d'autres talents.

Monica vous invite à passer à table. De jolies tables d'amoureux sont disséminées dans les petites alcôves tamisées de la propriété. Musique douce, nappes à carreaux rouges et blancs, vaisselle nacrée, pétales de rose parfumés et photophores allumés…

— On n'a qu'à prendre les mêmes places que dans l'avion ! lancez-vous par crainte qu'on ne décide d'une répartition par copains de chambrée.

Tout le monde a l'air d'y trouver son compte, sauf Inge qui vient de tirer Hugues comme numéro.

Vous passez une soirée délicieuse, parlez de tout et de rien avec Luc qui se révèle être un compagnon charmant, s'intéressant à vous, à vos passions, à vos projets. En fait, vous n'avez jamais vraiment pris la peine d'apprendre à le connaître, le fourrant directement dans le sac des pots de colle qui gâchent vos week-ends.

Il est pourtant drôle, cultivé… Pas vraiment beau ou en tout cas, vous ne l'aviez jamais remarqué avant. Il a du charme, plein de charme, un charme fou en fait… Vous êtes légèrement frissonnante. Mais qu'est-ce qui vous arrive ?

Ce doit être le trop-plein d'alcool de la journée, les émotions dans l'avion ou le simple fait que quelqu'un, pour une fois, s'occupe de vous. Oui, ça doit être ça ! Vous n'êtes qu'un être humain, mince !

Vous concentrez tous vos neurones pour être spirituelle et enchaînez les bourdes.

Luc est architecte d'intérieur, vous le complimentez sur la décoration exquise de son appartement. Oups, vous avez oublié qu'il n'en a plus.

— Et Laure, tu as des nouvelles, c'est fini, fini ?

— Oui, terminé. Elle a quelqu'un d'autre, un vieil ami à nous…

Il faut être sacrément gonflée, quand même, pour se tirer avec un ami de son ex !

— Ce n'est peut-être qu'une passade, elle reviendra…

— Non, c'est trop tard, on ne peut pas aller voir si l'herbe est plus verte ailleurs et revenir brouter comme si de rien n'était. Regarde, Jules et toi…

La métaphore vous fait sourire, imaginant Laure à quatre pattes (vous n'avez jamais aimé cette fille), mais pas sa dernière remarque qui vous renvoie votre propre image. Celle d'une femme trompée et de votre couple sur le déclin, pour ne pas dire cuit de chez cuit.

— Franchement, tu mérites mieux, Léa !

Comment lui expliquer que vous préférez cultiver la *positive attitude* plutôt que de vous retrouver toute seule ? Un jour, c'est sûr, vous aurez le courage de changer radicalement de vie, mais l'idée de quitter votre canapé douillet, où vous aimez vous lover, zappette en main, en regardant L'amour est dans le pré, avec une toute petite tablette de chocolat, vous panique un peu. Vous rêvassez devant ce couple improbable, Norbert et Guilaine, semblant vivre en parfaite communion. Des gens pas compliqués qui se contentent de choses simples, ce qui est suffisamment rare de nos jours pour être souligné. Comme le disait Norbert dans une des émissions, se régalant avec les patates sautées de Guilaine : « J'avais demandé une femme qui sache cuire, eh bien je suis comblé ! » C'est peut-être ça la vie…

— Et sinon, tu lis toujours l'avenir dans ta boule de cristal ? vous demande Luc avec un brin d'ironie.

Les gens peuvent rigoler, mais vous avez un vrai don, aux crashes d'avions près ! Il y a deux ou trois autres petites choses que vous n'avez pas vues, mais quand même !

Pour arrondir vos fins de mois, vous organisez des réunions tupervoyantes chez vos copines. Même principe que le

Tupperware de vos grands-mères sauf que vous vous déguisez pour l'occasion en diseuse de bonne aventure avec une très jolie jupe gitane, de grandes boucles d'oreilles créoles, et un fichu rouge noué sur vos cheveux version Irma-bohème-chic. Les invitées peuvent acheter tout un lot de questions auxquelles vous tentez de répondre.

C'est assez facile en fait, car ce sont toujours les mêmes qui reviennent : Vais-je rencontrer un homme ? Vais-je trouver un nouveau job ? Vais-je gagner beaucoup d'argent ?

Statistiquement, vous avez une chance sur deux de tomber juste… Celle qui accepte d'organiser la prochaine réunion a droit à une consultation complète où vous lui dévoilez tout ce qu'elle n'aurait jamais dû savoir.

Luc vous tend la paume de la main en rigolant.

— Et pour nous, que vois-tu ?

— Pour nous ?

Vous êtes aussi rouge que le fichu de dame Irma.

— Ben, je vois… je vois…

Vous voyez Inge se ruer sur vous ! Vous êtes ravie de cette diversion, mais la trouvez sacrément culottée de poser son derrière sur les genoux de Luc, tout en lui murmurant vous ne savez quoi à l'oreille. Et ce Luc qui se laisse faire sans rien dire. Juste une fille sympa, mon œil !

— Inge propose un petit bain de minuit, ça te dit ?

Quelle peste ! Elle connaît ses atouts, c'est clair.

— Non merci, allez-y sans moi, je n'ai pas mon maillot et il commence à faire un peu frais…

— Moi none plus, mais cé joustement l'intérêt d'une bain de minuite, non ?

Inge enlève prestement sa nuisette et saute dans la piscine avec la grâce d'une sirène.

— Tu ne vois toujours rien, Léa ? vous demande Luc avant de plonger à son tour.

Vous rejoignez les autres, observant du coin de l'œil le rapprochement plus qu'évident du piranha et de la méduse.

Minuit étant passé depuis longtemps, Alex a enfilé son costume de poisson-clown et danse sur le plongeoir en chantant à tue-tête : *C'est en Toscane qu'la vie est belle, lalalala…* Armé d'un seau d'eau, il s'ingénie à interrompre la parade amoureuse de vos deux amis. S'ensuit une évidente riposte qui se transforme en mêlée collective.

Inge prend ses jambes à son cou, ou plutôt sort de l'eau la démarche assurée, au ralenti comme dans les films, réajustant son string en un geste étudié.

Vous qui êtes plutôt du genre Fifi Brindacier ne pouvez vous empêcher d'admirer ses courbes voluptueuses. Et vous n'êtes pas la seule. Votre voisin, qui séjourne à la *Metina* avec sa femme et ses trois enfants, n'en perd pas une miette.

— Dis, tu n'aurais pas un peu maigri, toi ? vous demande Claire, la bonne copine.

— Non, je suis comme ça, c'est tout, c'est ma nature !

— Ça doit être ta robe qui t'amincit, alors…

Ça a le don de vous mettre en rogne. Sous prétexte que vous faites partie des maigrichonnes sans formes, vos copines, souvent les plus rondes, se permettent de faire des réflexions sur votre poids. Comment réagiraient-elles si vous leur disiez :

— Dis donc, tu n'aurais pas un peu pris du cul, toi ? Bon, alors ça doit être ton jean qui te boudine…

Jules se rappelle enfin votre existence et vous enlace.

— Tu ne voudrais pas qu'on aille faire un petit câlinou avant que les autres ne se couchent ?

Vous sentez son souffle chaud empestant le TGV (Tequila-gin-vodka). Même pas en rêve ! Certains ne doutent de rien, quand même ! Pas de lit commun, pas de câlins, vous ne dérogerez pas à cette règle !

Vous tournez la tête et apercevez Inge qui dépose un baiser sur les lèvres de Luc. Vous les voyez se diriger vers la maison, changez d'avis et prenez votre jules par la main. Les règles ne sont-elles pas faites pour être transgressées ? Vous subissez ses baisers désordonnés pendant quelques minutes… Puis plus rien ! Jules s'est endormi, ronflant comme un bienheureux. Vous restez un moment allongée à ses côtés et décidez finalement d'aller vous coucher. Luc est tranquillement assis sur la balancelle devant le perron.

— Tu t'es trompée de maison ?

— Il ne s'est rien passé, tu sais… dites-vous rosissante.

Mon Dieu, mais pourquoi dites-vous ça ! Vous n'avez pas à vous justifier !

— Ça ne me regarde pas, Léa !

— Oui, je disais ça comme ça ! Bon, buona notte alors… Buona notte, buona notte, buona noooottttte ! Non, mais quelle cruche vous faites parfois !

Vous rentrez dans vos pénates et trouvez Inge en pleurs dans son lit.

— Ça ne va pas ?

— None, nifff, c'est Louc, niffff, il m'a dit qu'il en aime une autre.

Dire que vous avez cru que… Ils n'ont pas… enfin, vous voyez, quoi ! Mais l'autre, qui est l'autre ? A-t-il envie de remettre le couvert avec Laure ?

— Ce n'est pas grave, ça va aller !

Vous la prenez dans vos bras. Vous détestez voir les gens malheureux, c'est plus fort que vous.

— Il faut lui laisser un peu de temps, tu sais. Il vient de se faire plaquer pour un autre. Ça doit encore être douloureux. Je suis sûre qu'il t'aime beaucoup malgré tout (vous vous mordez la langue).

— Tou crois vraiment, nifff ?

Vous éteignez la lumière et sombrez dans un profond sommeil.

Le lendemain, vous êtes en forme et vous vous levez aux aurores. C'est au test dit « du petit matin » qu'on reconnaît un bon vin. Mal de tête, picrate-peut-être ; matin serein, grand cru certain. Enfin, c'est ce que dit votre mamie Lucette, la reine des paupiettes et des petits dictons qu'elle adore radoter.

Vous sortez de la maison sans faire de bruit avec l'entrain de celle qui sait qu'elle va accomplir un grand dessein. Vous voulez profiter de ce moment de calme, rien que pour vous.

Le soleil pointe déjà le bout de son nez, c'est le jour rêvé pour débuter votre nouvelle carrière. Vous avez décidé qu'il était grand temps de réaliser votre rêve de devenir écrivain et de mettre à profit ce voyage pour pondre votre chef-d'œuvre. À vous les lunettes noires et les invitations chez Pivot, les déjeuners d'affaires avec votre éditeur pour négocier les droits d'adaptation cinématographique avec Luc Besson. Quand vous serez riche et célèbre, on parlera ainsi de vous : « Dire qu'elle a écrit son premier roman sur le coin d'une table au bord d'une piscine en seulement dix jours… Heureusement, elle a su rester simple. »

Vous ouvrez votre joli cahier et admirez la beauté de ses pages blanches. Votre petit stylo écrit consciencieusement sur la première page « Un roman par Léa Jane », suivi du titre. Un titre ? Quel titre ? Il vous faut un titre ! Bon ça viendra plus tard… avec l'histoire. Il était une fois…

Mais qu'est-ce que vous allez bien pouvoir raconter ? Et voilà, vous avez ce que les auteurs appellent le syndrome de la page blanche. Vous avez lu de nombreux conseils à ce sujet.

Surtout, ne pas s'inquiéter, ça arrive même aux meilleurs ! Et ne pas forcer, sinon vous allez bloquer l'inspiration pour de bon. Ça y est, vous savez pourquoi ça ne fonctionne pas :

il vous faut l'un des ces petits ordinateurs portables roses ! Et un sac à main assorti juste à sa taille pour pouvoir l'emporter partout et le dégainer dès que la fièvre créatrice s'empare de vous.

Vous allez devoir être très convaincante avec votre banquier. En même temps, c'est votre avenir qui est en jeu, et avec ce roman, vous allez sûrement toucher un énorme à-valoir et là, adieu découvert et agios !

Vous déchirez cette première page et en faites une boulette. Vous ferez mieux demain.

Pâle, les traits tirés, Claire vous rejoint et semble s'être levée du mauvais pied.

— Manque de sommeil… grommelle votre amie.

Alex et Hugues sont sortis en douce avec les touristes français et ne sont rentrés qu'au petit matin. Elle s'est fait un sang d'encre toute la nuit qu'elle a passée à attendre en compagnie de Fred.

— Je l'aime, mais tu comprends, je ne vais pas pouvoir supporter ça longtemps. C'est épuisant de passer sa vie à se demander où est l'autre, ce qu'il fait et avec qui ? Je me demandais, tu te souviens pourquoi j'ai quitté Fred ?

— Heu, tu t'ennuyais, je crois… trop fusionnel. À l'inverse, il était trop là !

— Oui, mais on était heureux ensemble, non ?

— Hum, oui, sûrement…

Oui, ils avaient l'air heureux jusqu'à la veille du grand jour. Et puis après, nettement moins quand il avait fallu décommander les fleurs, Charlie et son orchestre, le restaurateur, le coiffeur, l'esthéticienne… Vous avez eu la lourde tâche de prévenir la mère de Claire et les 150 autres invités qu'il n'y aurait rien le lendemain ! Alors oui, ils ont dû être heureux, mais vous pensez que Fred ne lui a jamais pardonné de rompre sans explication la veille de leur mariage. Ou alors, vous ne comprenez plus rien aux histoires de cœur, ce qui est une explication tout aussi plausible.

Dis-moi, Claire, toi qui en connais un rayon en amour, crois-tu qu'il soit possible d'avoir un coup de foudre pour quelqu'un alors qu'on le connaît depuis un moment ?

– Genre bombe à retardement ?

– Oui, genre je me réveille un matin et quelqu'un qui ne m'attirait pas du tout, enfin pas comme ça, juste un ami, devient un prince potentiellement charmant ?

– Tu n'es quand même pas amoureuse de Hugues ?

– Mais non, tu es bête (vous : pivoine) ! C'est... juste pour mon roman... pour savoir si l'histoire est réaliste.

– Ah, tu m'as fait peur ! En amour, tu sais, tout est possible...

Jules et Luc vous ont rejointes pour prendre leur petit-déjeuner.

– Tiens, vous tombez bien, les garçons, vous croyez qu'on peut subitement tomber amoureux de quelqu'un alors qu'on le trouvait complètement nul avant ?

– Je n'ai pas dit ça !

– Eh bien, tout dépend... Est-ce que tu le trouves vraiment si nul, ce type ? vous demande Luc avec un drôle d'air.

– Mais c'est quoi cette question à la fin, Léa ? intervient Jules avec le même drôle d'air, mais un rien plus agressif.

– Rien, rien (vous : écarlate). Toute ressemblance avec des faits réels est purement fortuite... tu sais, c'est pour mon livre.

– Ah oui, ton histoire pour midinettes à deux balles. Tu n'as franchement rien de mieux à faire ?

– Tu pourrais au moins la soutenir! explose Luc. Elle a le courage de vivre ses rêves, ce qui n'est pas le cas de tout le monde. Je suis sûr que ça va être une très belle histoire, Léa!

Vous devenez carrément rubiconde. Wahou, il a pris votre défense, il a pris votre défense! Ils vont peut-être même se battre pour vous et le vainqueur vous enlèvera sur son beau cheval blanc! Vous administrez un coup de pied à Claire sous la table.

– Et qu'est-ce qu'on fait de beau aujourd'hui? lance-t-elle à brûle-pourpoint, un peu gênée de vous avoir embarquée sur cette pente savonneuse.

D'abord, vous commencez par l'épreuve que vous redoutez par-dessus tout : les courses en groupe pour nourrir une bande d'affamés. Vous avez déjà eu du mal à vous mettre d'accord sur le budget alloué, il vous faut maintenant composer les menus en fonction des goûts de chacun. Munis de trois chariots, vous vous élancez sur la ligne de départ. Jules prend tout ce qui lui tombe sous la main et les remplit à vive allure. Claire remet méthodiquement chaque chose à sa place et choisit les produits placés tout en bas du rayon, beaucoup moins chers mais tout aussi bons.

Mauvais joueur, Jules les remet systématiquement dans l'autre Caddie. Total, vous vous retrouvez avec des tas de trucs inutiles en double.

Hugues, que le petit jeu entre Jules et Claire va finir par rendre fou, tapote frénétiquement sur sa calculette pour vérifier que le budget de sept euros et quatre-vingt-deux centimes, par jour et par tête de pipe, est bien respecté. Vous venez de le prendre la main dans le sac à essayer de passer en douce ses produits personnels (lames de rasoir, déodorant, préservatifs… tiens, tiens!) dans le pot commun.

– Je n'ai pas de sous sur moi, je vous les rendrai!

Ouais, ouais, on ne vous la fait pas celle-là! Depuis cinq ans, il ne vous a jamais rendu quoi que ce soit, même pas votre jules. Pas de sous, pas de déo, tu pueras des d'ssous d'bras!

Vous essayez de rassembler tout le monde pour faire le point sur les menus de la semaine, mais les garçons sont déjà partis faire le plein au rayon apéro. Le reste de la bande est disséminé dans le supermarché, les uns avec un casque sur les oreilles, les autres essayant une nouvelle teinte de vernis à ongles pour pieds.

Vous piochez donc au hasard dans les aliments rigolos que vous ne connaissez pas. Vous mangerez couleur locale. Le problème, c'est que vous n'avez aucune idée de comment les cuisiner, mais après une heure et demie de tergiversations avec vous-même, vous retrouvant seule à pousser les trois chariots, vous n'avez plus la force de réfléchir. Vous faites un dernier détour au rayon informatique pour acheter votre indispensable outil pour écrivain en mal d'inspiration. Comme il n'y a plus de rose, vous vous rabattez sur un petit modèle noir plus basique, mais qui va avec tout. Vous espérez que cela ne mettra pas un terme à votre prometteuse carrière.

Vous déchargez vos marchandises sur le tapis roulant et entamez une course contre la montre pour tout charger en vrac, dans de petits sacs en papier qui ne manqueront pas de se déchirer. Vous trouvez que les caissières d'aujourd'hui sont devenues trop productives. Vous n'avez jamais le temps de tout trier soigneusement comme vous aimez le faire. Ce qui va au frais, ce qui se range dans le placard de gauche...

Lorsque l'hôtesse vous annonce un montant que vous ne comprenez pas, même en euros, vous avez encore une montagne de choses à ramasser et le monsieur de derrière vous regarde en soufflant. Le dernier paquet de papier toilette enfin posé en équilibre sur le dessus de votre chariot, vous n'avez plus un poil de sec. Dans un dernier souffle, vous parvenez à transvaser un à un les sacs dans la voiture.

De retour à la *Metina*, vous estimez que vous avez fait votre part et laissez les autres ranger le tout dans la cuisine, assez perplexes devant le résultat des courses.

— Heu, qu'est-ce qu'on mange ce midi ?

Ça, vous ne le savez pas. Vous avez déjà servi de larbin et de pigeon puisque, n'ayant pas retrouvé Hugues et le pot commun à temps, vous avez dû régler les courses avec votre carte bleue. Dites, ce n'est pas écrit « chef cuistot » sur votre front ! Vous irez au resto…

Vous alliez ajouter quelque chose, mais Claire arrive comme une fusée dans la cuisine.

— C'est Jules, il est blessé !

— Oh non, que lui est-il arrivé, c'est grave ?

— Je ne sais pas, mais je l'ai entendu hurler !

Effectivement, lorsque vous approchez de la seconde maison, vous entendez les cris perçants de Jules.

— Mais que se passe-t-il ? Où est-ce que tu as mal ?

Vous ne voyez pas de sang, et il est debout, droit comme un I. Il ne répond rien, mais en voyant ce qu'il tient dans la main, vous comprenez que votre jules vient tout simplement de découvrir qu'il avait oublié le petit cordon de sa PlayStation.

3
Jacques a dit cours, Jacques a dit aime…

Vous vous accordez un petit moment de détente au bord de la piscine. Deux gamins s'amusent bruyamment à la balle au prisonnier et vous les soupçonnez de faire exprès de vous viser. Agacée, vous leur renvoyez la balle de l'autre côté de la haie, dans les champs d'oliviers, Oups, pardon, je ne l'ai pas fait exprès, et savourez l'instant de paix. Luc vous a rejointe et joue avec vous au jeu dangereux du *j't'éclabousse, j'te colle, j'te coule.* Vous batifolez dans l'eau et frissonnez au contact de sa peau. Saperlipopette, il y a vraiment un truc qui ne tourne pas rond chez vous !

L'appel de la bande vous tire à regret de la piscine et vous vous rhabillez à la hâte pour sortir déjeuner. Montepulciano est une magnifique cité authentique aux rues étroites et pavées avec plein de beaux monuments datant de la Renaissance, dixit Luc. Vous, vous ne savez pas à quoi on les reconnaît.

Il paraît que c'est le village le plus haut perché de Toscane. Ça, vous pouvez dire que c'est vrai parce que ça grimpe tellement que vous êtes obligés de faire des pauses à chaque cave au nom chantant : Contucci, Redi, Gattavecchi, pour reprendre votre souffle et déguster un petit verre, par respect pour le propriétaire.

Vous arrivez en haut de la Piazza Grande, rassérénés et guillerets, et vous vous installez à la terrasse d'une petite *osteria* sans prétention. Vous ne comprenez rien à la carte, mais ne voulant pas vous abaisser à demander de l'aide, vous choi-sissez en fonction de la musicalité des noms des mets. Votre italien plus qu'approximatif vous vaut quelques désillusions.

Vous avez confondu les *fagioli* (une célèbre spécialité de haricots blancs) avec des *fegatelli*, ce qui sonne à peu près pareil quand on le dit très vite. Quand vous voyez arriver ces petits foies de porc et de poulet, vous ne pouvez vous empê-cher d'avoir un haut-le-cœur ! Luc vous propose gentiment d'échanger vos assiettes, ce que vous acceptez sans vous faire prier.

Le déjeuner se poursuit dans la bonne humeur, la cuisine est savoureuse et le vin se boit comme du petit-lait. Vous parlez de choses et d'autres, notamment de ce qui occupe les trois quarts de vos journées et vous amusez la galerie en singeant à la perfection votre petit patron.

– Mademoiselle Jane, je ne peux malheureusement pas vous octroyer d'augmentation, vous comprenez, n'est-ce pas ? Croyez bien que c'eût été un plaisir, mais avec les charges inattendues de cette année – vous mimez Courtevue déca-potant fièrement son aspirateur à gonzesses flambant neuf de marque Ferrari – ce ne serait vraiment pas raisonnable !

Vous vous accordez à dire que la vie qu'on mène aujourd'hui, esclave de son boulot et des contingences maté-rielles, n'a vraiment aucun sens et qu'on serait bien plus heu-reux à élever des chèvres et tricoter des pulls. Vous trinquez à la santé de vos patrons qui vous permettent malgré tout de régler l'addition.

Vous vous absentez un instant pour aller *vous rafraîchir*, comme on dit. C'est sûr, c'est plus élégant que Jules braillant *j'vais pisser un bock* !

Lorsque vous revenez, vous voyez Claire, votre téléphone portable à la main, les yeux hagards et complètement hilare.

– Allez arrête, on t'a reconnue ! Non, Courtevue, on ne te dira pas où est planqué le dossier de subvention à rendre pour ce soir ! T'as plus de sous pour changer les pneus ou quoi ? De toute façon, Léa a complètement bâclé le dossier, trop pressée de partir prendre du bon temps en vacances !

Claire vous voit et regarde le téléphone, interloquée. Puis vous. Puis le téléphone. Puis vous.

– Heu… désolée, c'est une terrible méprise, monsieur Courtevue, je vous passe Léa Jane.

Elle vous tend le téléphone, le tenant du bout des doigts comme un linge d'une propreté douteuse en vous faisant de grands gestes signifiant : Moi énorme bourde, ça va barder, j'te préviens.

Vous prenez une grande inspiration et approchez le combiné de votre oreille, faisant abstraction des jurons qui en émanent.

– Inadmissible ! Virée, vous êtes virée !

– Bonjour, Monsieur Courtevue, comment allez-vous, bien j'espère ? Non... C'est juste une amie qui n'a plus toute sa tête. Oui, le dossier de demande de subvention est plus que complet avec les devis surévalués, comme vous l'avez demandé. Sur votre bureau, bien en évidence, c'est bien simple, il n'y a que lui. Tout à fait, Monsieur Courtevue, nous règlerons ce petit incident à mon retour. Mes amitiés à votre femme.

Vous raccrochez, livide. Claire s'agenouille pour implorer votre pardon.

– Je suis désolée, Léa, j'ai cru que c'était toi qui nous faisais une blague, tu l'imites tellement bien ! Et puis, tu dis toujours que tu t'ennuies comme un rat mort dans cette boîte. En fait, je t'ai rendu service, tu me remercieras, tu verras !

Vous vous retenez de l'étriper. En plus de n'être pas très heureuse en amour, vous voici pauvre et sans boulot. Complètement dépendante de votre jules, vous allez devoir attendre gentiment qu'il vous distribue chaque dimanche le budget de la semaine à gérer. Et comble de l'horreur, vous devrez lui rapporter chaque ticket de caisse pour contrôler vos dépenses avec ses sous. Il faut dire que vous avez une façon bien à vous de faire les comptes. Vous ne gardez aucun ticket pour ne pas encombrer votre porte-monnaie. Chaque fin de mois, vous entrouvrez simplement l'enveloppe contenant vos relevés bancaires et jetez un petit coup d'œil inquiet à la dernière ligne. Vous la refermez prestement si elle commence par le signe moins et continuez à dépenser, mais un peu moins. C'est pas plus compliqué que ça, la finance !

Bref, quoi qu'il en soit, grâce à Claire, votre vie est complètement fichue.

Le groupe se sépare pour l'après-midi. Votre jules, Hugues et Alex ont décidé d'organiser une expédition jusqu'à la grande ville la plus proche pour trouver le sacro-saint cordon manquant. Les autres et vous-même avez prévu une petite visite de *Cortona*. Dominant le *Val Di Chiana*, la ville a gardé une atmosphère d'un autre temps. Assis sur des tabourets devant le seuil de leurs portes, de petits vieux aux visages burinés et aux mains ridées observent en riant les passants. La forteresse s'appuie sur des terrasses plantées d'oliviers et de cyprès laissant deviner çà et là d'anciens vestiges étrusques. Luc propose justement une visite du *Museo Dell Accademia Etrusca*. Claire et Fred déclinent l'invitation, préférant flâner dans les ruelles.

— On n'est pas trop musée et vieilles pierres qui traînent dans les vitrines !

Vous non plus, mais un peu de culture ne pourra pas vous faire de mal. Inge, quant à elle, est très enthousiaste, mais vous supputez que c'est la première fois qu'elle y met le bout d'un orteil. Vous faites mine de vous intéresser à l'impressionnante collection de statuettes en bronze et buvez les paroles de Luc, qui vous sert de guide. Vous jouez la béate devant une lampe à huile à seize becs en très bon état malgré ses vingt-cinq siècles (dire qu'on jette des trucs presque neufs!), décorée d'animaux monstrueux et de divinités féminines accroupies dont vous ne voudriez pour rien au monde chez vous. La salle des bijoux et des verreries vous intéresse un peu, mais sans plus, et lorsque Luc vous explique avec passion cette magnifique allégorie de la fuite du temps, vous décrochez complètement! Inge lui pose cent mille questions. La prochaine fois, vous potasserez avant de venir.

– C'est cette histoire de boulot qui te tracasse, Léa, tu as l'air ailleurs. (traduisez par : « Ça ne t'intéresse pas, ce que je te dis ? »)

– Oui, désolée…

– J'ai une idée! Nous allons grimper tout en haut de la ville pour visiter l'église San Margherita. Tu pourras peut-être demander un peu d'aide là-haut.

Ce n'est pas trop votre truc, mais on ne refuse pas une main tendue, surtout celle de Luc. Et puis, visiter l'Italie sans les églises, c'est un peu comme passer ses vacances à Brest sans voir la pluie. Quand Inge s'apprête à vous suivre, Luc lui fait gentiment remarquer qu'elle n'y arrivera jamais avec ses minuscules talons aiguilles. Vous en rajoutez une couche en glissant que vous ne voudriez pas la priver de la suite de la visite du musée, qu'elle a l'air de tellement apprécier, juste sous prétexte que votre vie est un désastre. Elle vous lance un regard noir qui doit signifier traîtresse, ou quelque chose de plus vulgaire, que vous ignorez superbement.

Vous grimpez le long des ruelles escarpées et montez une à une les innombrables marches d'un escalier tellement raide que vous comprenez à présent que Luc a simplement voulu rendre service à Inge et non passer un peu de temps seul avec vous.

– C'est encore loin? Je n'en peux plus!

– Allez, encore un petit effort! Tu sais que le pape Jean-Paul II est venu ici en pèlerinage et qu'il n'était déjà pas en grande forme. Alors s'il l'a fait, tu peux le faire!

– Mais il y a au moins dix mille marches pour arriver là-haut! chouinez-vous. Je ne sens plus mes pieds, et mon cœur ne va jamais tenir!

Au prix d'un effort surhumain (vous vous êtes mentalement transformée en *Wonder Woman*), vous atteignez enfin le plateau surplombant la ville. Vous ne regrettez pas tant la vue sur le lac de Trasimeno est à couper le souffle. Vous faites une halte, assise sur un banc à côté de Luc. Vous ne remarquez plus que le bleu de ses yeux… Votre cœur continue à battre la chamade, et vous sentez ce petit quelque chose de pas complètement inconnu dans le creux de votre ventre, un peu comme un trésor que vous auriez caché quelque part et que vous redécouvrez par hasard. Et là, vous avez une illumination : vous êtes amoureuse!

Vous savourez l'instant, mais préférez garder le silence pour le moment et pénétrez dans l'édifice. Alors que la fraîcheur des lieux vous fait frissonner, Luc passe un bras autour de vos épaules. Vous allumez un cierge pour la première fois et faites un vœu. Vous priez pour que Courtevue devienne un gentil patron. Mais comme vous savez pertinemment que même en invoquant les dieux de toutes les religions réunies, le miracle demandé est bien trop important, vous faites un second vœu… Mais vous ne pouvez pas raconter ce que c'est, sinon ça ne va pas se réaliser.

Vous êtes comme attirée par une sorte de petite cabine téléphonique. Qu'est-ce que c'est ? Un confessionnal des temps modernes ? Comme vous êtes curieuse, vous y glissez une pièce. Vous êtes finalement assez déçue, car à l'autre bout du fil, il n'y a qu'une bande audio qui raconte en boucle l'histoire peinte sur les jolis vitraux.

En sortant, vous voyez arriver plein de cars de touristes sortant d'une route cachée de l'autre côté de l'église.

— Dis donc, tu ne te serais pas un peu fichu de moi avec ton histoire de pape ? Tu n'aurais pas oublié un petit détail genre papamobile ?

— Tu ne te serais jamais donné la peine de monter si je te l'avais dit ! Tu ne veux pas que ta prière soit exaucée ?

— Si, bien sûr (vous : radoucie et rassurée. Ah, ah ! Il veut que mon vœu se réalise.)

Le chemin du retour est beaucoup plus agréable. Vous volez littéralement et redescendez les marches comme un cabri.

Vous vous arrêtez pour vous reposer sur une terrasse ombragée dont le panonceau Bibitte Fresce vous fait saliver. Vous commandez donc une boisson bien fraîche pour vous remettre de toutes ces émotions. La table est exiguë et vous sentez votre jambe devenir moite au contact de sa cuisse. Vous aimez. Vous vous enhardissez et posez votre tête contre son épaule pour parcourir avec lui la presse française que vous venez de dénicher au kiosque d'à côté. Vous riez ensemble de cet article sur les tondeuses écolos. Il s'agit d'un nouveau business d'agriculteurs qui louent leurs chèvres aux particuliers pour tondre leur pelouse. On ne sait plus quoi inventer ! Vous parcourez le grand dossier du mois : Que savez-vous de l'autre sexe ? Pas grand-chose, il faut bien l'avouer ! Vous êtes quasi vierge, car votre jules a été votre premier amant.

Vous manquez donc de recul pour juger. Vous vous demandez comment serait une première nuit avec Luc...

Au loin, vous apercevez Claire et Fred. Vous auriez juré qu'ils se tenaient la main.

— Alors, c'était bien ?

— Quoi ? Oh oui, nous avons suivi la trace papale, et j'ai eu une merveilleuse révélation ! dites-vous les yeux pétillants. Et vous ?

— Nous... sympa, très jolie ville, très agréable.

Vous n'en saurez pas plus !

Vous retrouvez Inge, souriante, en compagnie du couple de voisins français, en train de comparer leurs urnes funéraires achetées en souvenir à la boutique du musée. Vous leur proposez de partager le dîner de ce soir pour faire connaissance.

Vous rentrez tranquillement à la *Metina*. Un message des garçons vous y attend : ils ont dû pousser jusqu'à Florence et ne savent pas à quelle heure ils seront de retour. Vous vous installez dans un petit coin tranquille avec votre super mimi ordinateur et tapez consciencieusement sur la première page : « Un roman par Léa Jane ». Oui ça va tout de suite mieux, vous le saviez ! La première chose à faire pour résoudre un problème est d'en identifier la cause. Vous êtes un génie ! Vous tenez votre histoire. Ce sera une histoire d'amour, heu... en Corse, parce qu'en Toscane ça ferait trop histoire vécue et vous souhaitez conserver l'anonymat. Ils se rencontrèrent, s'aimèrent, vécurent heureux et eurent beaucoup d'enfants.

Bon c'est un peu maigre, mais vous allez broder autour. Vous avez fait le plus gros. Le premier tome de votre « trilogie de douze » est en route.

Satisfaite, vous refermez le capot et allez vous prélasser sur une chaise longue. Vous commencez à sentir quelques picotements et dégainez votre crème solaire avec système de marqueur intégré. Hyper malin ce truc ! Une tache colorée apparaît pour vous signaler à quel moment vous devez renouveler l'application. Le côté marsupilami bleu peut surprendre, mais au moins, vous pouvez être certaine qu'une bonne âme sera toujours là pour vous faire remarquer, en pouffant, votre départ imminent pour le royaume des Schtroumpfs. Vous essayez de vous tartiner le dos en contorsionnant votre bras droit par-dessus la tête et le bras gauche sous les omoplates. Vous voyant ainsi dans cette pause de fakir rhumatisant, Luc vous propose généreusement son aide. Vous, allongée sur le ventre, lui, assis sur vos fesses, il crème minutieusement chaque recoin de votre dos, la nuque, les reins. Il défait le nœud de votre haut de maillot de bain pour atteindre les côtes qui jouxtent vos seins. Orgasmique ! Fred vous regarde d'un air réprobateur. Quoi ? Il ne veut quand même pas que vous vous transformiez en zèbre cramé par le soleil !

Claire approche son transat tout près du vôtre avec son air qui signifie « Accroche-toi, je vais parler de moi, j'en ai au moins pour deux heures ! »

— Je crois que je vais quitter Alex, chuchote-t-elle.

— Quoi ? Maintenant, ici, tout de suite ? Ça n'aurait pas un lien avec ta balade d'aujourd'hui avec Fred ?

— Je crois que j'ai fait une énorme bourde en le quittant. J'ai eu peur de gâcher ma vie, de m'engager. Je me suis vue vieillissante, grossissante et flasque, coincée avec trois gosses et un mari que forcément, je finirais par ne plus aimer, dépensant tout son argent dans la chirurgie reconstructrice qui va avec.

— Ah oui, et maintenant ?

— Maintenant, j'ai mûri ! Je me vois parfaitement vivre avec un homme que j'aimerais jusqu'à mes cinquante ans. Avoir un bébé avec des méthodes modernes non traumatisantes, comme une mère porteuse ou un autre de ces trucs qu'utilisent les stars. Dépenser son argent avec parcimonie dans de nouveaux traitements préventifs pour ne pas devenir une vieille peau et pouvoir refaire ma vie avec un type plus jeune après notre divorce.

Le rêve de toutes les filles d'aujourd'hui, n'est-ce pas…

Pour votre part, vous préféreriez vivre avec un homme dont vous seriez toujours éperdument amoureuse à quatre-vingts ans. Il vous ferait livrer des fleurs chaque dimanche, et après avoir déposé son dentier dans le verre à dents sur la table de nuit, vous embrasserait et vous susurrerait des mots doux que vous devineriez sans vraiment les comprendre (parce que vous seriez un peu sourde, et que sans dentier, c'est quand même moins facile). Deux de vos enfants ne viendraient vous voir qu'à Noël parce que cinquante kilomètres, avec la vie qu'on mène aujourd'hui, c'est beaucoup trop loin.

Mais heureusement, il y aurait Frénégonde (les vieux prénoms reviennent toujours à la mode), la petite dernière qui habiterait toujours chez vous, veillant amoureusement sur la maison qui serait un jour la sienne, une fois qu'elle vous aurait trouvé une place dans un hospice pas trop cher. C'est ingrat les mômes ! Vous vous rappellerez ne pas en avoir le moment venu et vous tentez de chasser cette vision d'horreur en vous concentrant sur les belles dents blanches de Luc qui vous regarde en souriant.

– Et Fred, il en pense quoi ? Tu crois vraiment qu'il arrivera à oublier… tous les hommes de ta vie que tu as eus depuis ? Il est plutôt du genre jaloux, non ?

Bel euphémisme si on se remémore le temps où Fred lui aurait bien fait porter une burka intégralement doublée d'un scaphandrier, qu'elle n'avait pas le droit de parler aux mâles inconnus et encore moins d'avoir un gynécologue n'ayant pas exactement la même anatomie qu'elle.

– Il m'a promis de changer, tu sais… Il est tellement accro qu'il ferait n'importe quoi! Le seul truc, c'est qu'il veut que je quitte Alex sur-le-champ! T'en penses quoi, toi, Léa?

Vous détestez vous retrouver dans ce type de situation où tout ce que vous direz se retournera contre vous. Si vous prenez la défense d'Alex et que Claire file le parfait amour avec Fred, vous allez passer pour une collabo, et si vous cassez du sucre sur le dos d'Alex et qu'elle décide finalement de rester avec lui, vous passerez pour une conne, ce qui revient à peu près au même. Vous avancez donc tout doucement sur ce terrain miné, marchant sur la pointe des pieds comme sur un trottoir parisien pour éviter les crottes de chien (les chiens n'ont vraiment plus aucun civisme de nos jours!). Vous hésitez entre l'appel à un ami et l'avis du public.

– C'est-à-dire que c'est une décision très personnelle. Les deux ont leurs qualités et beaucoup de défauts! Pourquoi ne les tires-tu pas à la courte paille? Oh, j'ai une autre idée! Tu nous… enfin, tu les laisses passer des vacances tranquilles, et tu fais ton choix en rentrant à tête reposée!

– Oh non, fais un effort! dit-elle d'une voix de petite fille qui veut son cadeau tout de suite. Fred veut une réponse immédiatement. Sinon, il va croire que je ne suis pas sûre de mes sentiments! Alors que c'est juste que j'hésite encore un peu.

Vous vous retenez de lui faire remarquer que c'est un peu ça, la grande histoire de sa vie!

Vous invoquez l'esprit de Bridget Jones, grande prêtresse de l'amour. Que ferait-elle dans une situation comme celle-ci?

– Bon, écoute, que dirais-tu d'organiser une sorte de jeu téléréalité, mais sans la télé. Un truc entre Tournez manège et l'Île de la tentation, qu'on appellerait… Fais le bon choix!

– Hum, c'est un peu dingue, mais ça me plaît assez.

Yes! Vous passerez peut-être pour une cinglée machiavélique, mais au moins vous ne prenez pas position et conservez votre amitié intacte!

Vous peaufinez votre plan. Il y aura différentes épreuves évaluées grâce à une grille de notation très élaborée.

– Voyons, il faudrait d'abord trouver une fille pour tester leur fidélité!

– Inge!

– Oui, c'est dans ses cordes! Il faudra également les emmener dans un magasin très cher pour vérifier que leur petit cœur tout doux ne se transforme pas en peau de hérisson dès qu'on touche à leur porte-monnaie.

Vous avez dû calmer un peu le jeu, car Claire voulait pousser le bouchon jusqu'à l'épreuve de celui qui pleurera le plus à son faux enterrement...

– Bon, les règles du jeu sont claires, alors que le meilleur gagne!

– Maintenant, il faut que j'explique à Fred que j'ai besoin d'un peu de temps...

– C'est facile, tu n'as qu'à lui dire qu'Alex est du genre dépressif et qu'il ne se remettrait pas de vous voir si amoureux tous les deux. Il ne voudrait quand même pas avoir sa mort sur la conscience et être inculpé pour non-assistance à ex en danger?

Vous êtes tout à fait consciente que, quelquefois, dire la vérité aux gens serait sûrement plus simple et plus sage. Mais c'est comme ça, vous êtes ainsi faites, vous les filles. Vous avez tellement peur de blesser les hommes, si vulnérables, que vous êtes obligées de vous donner un mal de chien pour les protéger.

Vous rejoignez Luc et Clarence, la femme du couple français. Tous deux ont passé un tablier et se débrouillent comme des chefs avec vos ingrédients, préparant toutes sortes d'anti-pasti appétissants et odorants. Vous admirez la dextérité avec laquelle Luc joue du couteau pour enlever les poils et extraire les cœurs d'artichaut. En le regardant ciseler les oignons, vous sentez venir la larme à l'œil. Non pas que cela vous émeuve à ce point, mais peler des oignons vous fait toujours pleurer toutes les larmes de votre corps. Vous avez essayé toutes les recettes de mamie Lucette, mais rien n'y fait...

Vous vous servez un verre de vin et continuez à ne rien faire, mais en le faisant bien. Clarence s'éclipse pour se changer et vous voici seule avec Luc, téléportée à des années-lumière grâce à votre super engin pour traverser l'espace-temps (on se demande comment on faisait avant, sans la téléportation), dans la cuisine de votre superbe appartement haussmannien, préparant un somptueux dîner pour votre anniversaire de mariage. Tim et Tom, les jumeaux, passent le week-end à la campagne chez leurs grands-parents. Vous êtes harassée par cette longue journée de dédicaces à la FNAC des Champs où vos fans attendaient l'ouverture depuis cinq heures du matin et Luc vous masse délicatement les pieds pour vous délasser. Il vous conduit jusqu'à la salle de bains où une eau parfumée et bouillonnante vous attend avec des centaines de petites bougies allumées. Vous vous y glissez avec volupté et fermez les yeux.

– Mon Dieu, que c'est bon !

– Qu'est-ce que tu dis, Léa ?

– Rien, rien, je me disais qu'il est si bon ce p'tit vin blanc que je reprendrais bien un p'tit canon ! ricanez-vous bêtement en prenant l'accent du paysan breton.

– Tu es bizarre en ce moment... tu es préoccupée ? C'est comme si tu n'étais pas vraiment avec nous.

Avec vous, non ! Je voudrais être seule avec toi sur une île déserte. Quand vas-tu t'en rendre compte ?

— Non, je t'assure, tout va bien. Je m'inquiète un peu de ne pas voir rentrer Jules et les autres, c'est tout.

Je me contrefiche de ce que fait Jules. Ce qui me tracasse, c'est comment je vais lui annoncer que je suis amoureuse de toi.

— Malgré tout ce qu'il t'a fait, tu es donc toujours amoureuse de lui ?

— On n'efface pas cinq ans comme ça !

Tu n'imagines même pas ! Je suis prête à prendre rendez-vous chez Recall avec Schwarzenegger pour une lobotomie et oublier tout souvenir de Jules.

— Et toi, tu es heureux ? Je veux dire ce n'est pas trop difficile sans Laure, c'était une fille sympa, je l'aimais bien, elle doit te manquer. Je trouve que tu as souvent l'air triste.

Jamais vu une c... pareille. Jamais pu la piffer. Bon débarras ! Je suis super contente que vous vous soyez séparés.

— Non, ça va. Ça n'a rien à voir avec elle !

Avec qui alors ? C'est fatigant les mecs, il faut toujours leur tirer les vers du nez.

— Alors, c'est cool. Enfin, je veux dire... tu trouveras vite quelqu'un d'autre, j'en suis sûre.

Tu ne vois pas que cette personne, c'est moi ! J'ai cette petite chanson idiote qui me trotte dans la tête : « Embrasse-moi idiot, c'est vraiment beaucoup, beaucoup mieux que des mots ».

— Oui, sûrement...

Il vous regarde avec son air de chien battu. Trop craquant ! Vous posez votre main sur la sienne avec un léger tapotement qui veut dire : Je suis là, tout ira bien maintenant.

L'arrivée des garçons vous fait descendre de votre petit nuage.

– On a mis beaucoup de temps à rentrer, car il y avait des policiers partout sur les routes. Il paraît qu'il y a eu le casse du siècle à *Cortona*.

– Ah bon, c'est drôle ça ! On y était. Que s'est-il passé exactement ?

– Eh bien, on ne sait pas grand-chose. Des bijoux d'une très grande valeur ont été volés au musée étrusque. En pleine journée, devant tout le monde…

– Wahou ! C'est dingue, c'est le musée qu'on a visité !

– Quoi, toi aussi, Léa ? Tu as visité un musée ! Sans qu'on ait été obligé de te ligoter et de t'y traîner de force ?

Et le voici racontant votre dernière visite au Louvre où vous êtes restée à bouquiner dans l'entrée pendant six heures sans bouger. Vous avez juste jeté un coup d'œil à La Joconde, mais comme elle vous regardait d'un drôle d'air, vous avez préféré rester là à attendre bien sagement en appelant toutes vos copines pour leur raconter cette fabuleuse visite. Ben quoi, vous avez vu la pièce maîtresse, non ?

– J'avais très mal aux pieds, c'est tout. On avait déjà visité tous les musées de Paris !

Vous ne levez pas les yeux tout en étant certaine que Luc vous regarde. En fait, maintenant que vous repensez à cette histoire du Louvre, vous faisiez simplement la tête parce que Jules avait préféré y aller au lieu de vous accompagner aux Puces, alors que vous vous en faisiez une joie. Et comme il paraît que c'est devenu malfamé et que vous êtes trouillarde, vous n'aviez pas osé y aller seule et lui faisiez payer cet affront.

– Peut-être qu'ils vont venir nous interroger comme dans les films en tant que témoins principaux de la scène du crime ? dites-vous, excitée par l'affaire, et contente de trouver une excuse pour changer de sujet.

– Penses-tu, à l'heure qu'il est, ils ont dû arrêter le coupable ! Tu avais remarqué quelque chose de spécial ?

– Non j'étais trop occupée à… admirer les belles choses.

Mais peut-être que sous hypnose ou en prenant un sérum de vérité ultra-puissant, la face cachée de mon cerveau dévoilerait quelques détails intéressants.

– Et l'église ? demande Luc.

– Je ne crois pas qu'il y ait eu de vol à l'église…

– Non ! Est-ce que tu aimes les églises, Léa ?

– Allez, on passe à table, ça va être froid ! lancez-vous gaiement, préférant faire la sourde oreille.

4
Entrez dans la danse, les soucis n'ont pas de chance...

Vous dînez tous ensemble et faites plus ample connaissance avec vos voisins de la *Metina*. Pierre-Mathieu est avocat. Très beau. Vous l'imaginez bien en fou du roller. Elle, plus quelconque, mais gentille. Clarence a de très jolis yeux verts en amande, mais c'est le reste de son visage qui n'est pas assorti. Sa jupe bleu marine juste en dessous du genou et son col Claudine impeccable lui donnent l'air coincé, mais respectable. Ils ont tous deux ce délicieux accent appuyé des gens un peu snobs qu'on acquiert à force de travail et d'entraînement.

Non, ce n'est pas inné. Avez-vous déjà entendu un bébé vous dire : « Maman, j'eusse préféré que vous me saupoudrassiez cette purée de carottes avec cet exquis *parmigiano* »?

Vous adorez jouer à imaginer la vie des gens. Vous pouvez rester des heures à la terrasse d'un café juste à les regarder passer. Vous imaginez Clarence, discutant avec animation, le soir au coin du feu. Assise sur un canapé en cuir crème, avec des petits coussins à fleurs roses et un plaid assorti, tricotant amoureusement un pull-over bien chaud pour les week-ends de golf de Monsieur. Lui acquiesce distraitement, absorbé par la lecture des derniers résultats de la Bourse, inquiet de devoir un jour lui avouer les placements risqués qu'il vient d'effectuer et qui ont mal tourné.

Une petite sonnerie le fait tressaillir. C'est le signal qu'un texto vient d'arriver sur son BlackBerry. C'est elle.

– Qui est-ce ?

– Oh, ce n'est rien, c'est encore le bureau…

Elle, c'est son assistante. Celle qui l'accompagne fidèlement dans tous ses longs et ennuyeux voyages d'affaires. Il lui a pourtant dit des milliers de fois de ne pas le déranger chez lui. Mais elle ne peut s'en empêcher. Elle sait pourtant que malgré les merveilleuses nuits passées ensemble, il ne quittera jamais sa femme. Mais bon, vous vous trompez souvent…

En tout cas, ils sont ostensiblement riches. Vous aimeriez bien savoir ce que ça fait d'être riche vous aussi. Oh, pas vraiment pour l'argent, mais pour ce qu'il procure! Vous avez envie de cette sublime petite robe noire moulante à mille cinq cents euros? Et hop, vous la mettez dans votre panier sans même l'essayer. Si ça ne vous va pas, vous ferez les carreaux avec. Ah non, c'est vrai, vous ne feriez pas les carreaux. Ce n'est pas grave, vous la donnerez à la femme de ménage! Vous avez une furieuse envie de faire la fête à Ibiza? Et hop, vous ne prenez même pas de culotte de rechange, vous achèterez tout sur place. Il n'y a pas à dire, mais les petites escapades en amoureux, c'est quand même mieux pour entretenir son couple que de passer ses samedis à lécher des vitrines remplies de choses qu'on ne peut pas s'offrir dans la galerie marchande de chez *Carrouf*. Vous seriez assez favorable au fait de revoir l'ensemble du système monétaire international et de tout payer avec des colliers de perles, comme au club Med, darladirladada! Enfin, il paraît que les riches sont malheureux parce que l'argent, ça détruit tout. Mais vous, vous seriez une riche heureuse. Qui peut le plus peut le moins … Vous vous en sentez vraiment capable.

Claire semble satisfaite en observant ses deux candidats. Fred parle très fort à Alex, articulant à se décrocher la mâchoire, comme on a tous tendance à le faire lorsqu'on rend visite à un vieil homme malade.

– SI TU AS BESOIN DE QUELQUE CHOSE, SURTOUT N'HÉSITE PAS, JE SUIS LÀ !

Quant à Inge, vos doutes se confirment. Elle n'a vraiment pas l'air d'avoir compris que Pierre-Mathieu ne fait pas partie du jeu. Sans rire, n'avez-vous jamais eu envie de payer une fille sublime, juste pour voir si votre mec est aussi fidèle qu'il le prétend ? Vous, malheureusement, vous n'avez pas eu besoin de payer.

Vous voyez Luc s'éloigner et sentez une envie irrépressible d'aller aux toilettes, juste pour pouvoir le rejoindre, naturellement.

– Que fais-tu dans le noir ? Tu as envie d'être seul ?

– Non, la nuit est claire, j'admirais juste les étoiles. Ça t'intéresse ?

– C'est-à-dire que je n'y connais pas grand-chose, mais… c'est joli quand ça brille !

– Votre mère est une voleuse, chère Léa, elle a volé les deux plus belles étoiles pour vous en faire des yeux. Dire que c'est comme ça que je m'y prenais étant gamin pour draguer les filles !

Oui, bon, la blague est un peu éculée… mais c'est mignon quand même. C'est tout de même plus joli que tout ce que vous entendez à longueur de journée au bureau avec vos *geeks* en mal d'amour genre *J'irai décrocher les étqiles pour voir ta lune.*

Vous vous asseyez et vous laissez guider à travers les constellations : Cassiopée, la Grande et la Petite Ourse. Il vous raconte l'histoire du roi qui trouvait les étoiles tellement belles qu'il les avait fait enlever du ciel. Son peuple en était tellement révolté que plus aucun enfant ne naissait dans la contrée. Mais il s'était juré de ne les rapporter que lorsqu'il aurait trouvé une femme aussi belle ; une princesse dont il serait si amoureux qu'il voudrait alors partager son trésor avec elle et avec les peuples du monde entier. Toutefois, il avait beau chercher, il ne trouvait pas sa dulcinée.

— Et alors ? demandez-vous, impatiente.

— Eh bien, il a fini par la trouver. Il a failli ne pas la reconnaître, car la disparition des astres avait éteint tout éclat dans ses yeux. Mais lorsqu'elle plongea son regard dans celui du roi, le reflet des poussières d'étoiles qu'elle y vit l'illumina. On raconte que cette nuit-là fut si féconde qu'elle assura à jamais la descendance du royaume et bien au-delà...

— Ce que c'est beau !

Vous regardez le ciel, Luc vous regarde. Et c'est là que tout bascule.

— Tu ne m'as pas répondu tout à l'heure.

— Quoi ?

Vous êtes un rien sur la défensive.

— Est-ce que tu aimes les églises ou...

Vous prenez trente secondes de réflexion avant de répondre.

— Bon, je vais être honnête avec toi, j'avais un peu perdu la foi ces dernières années, mais... je l'ai retrouvée.

D'accord ! D'accord ! D'accord ! Mais vous vous voyez lui annoncer comme ça, de but en blanc, que le musée, l'église, tout ça, c'était juste pour ses beaux yeux et que vous ne comprenez pas bien ce qui ne tourne pas rond chez vous ?

— Et puis zut ! Je crois que je suis en train de tomber amoureuse de toi !

Vous fermez les yeux très fort. Vous tremblez, car l'écho des mots que vous venez de prononcer arrive jusqu'à vos oreilles. Luc vous prend la main doucement. Vous sentez qu'il tremble légèrement lui aussi.

— Tu sais que j'ai toujours eu un faible pour toi ?

– Ah bon ? Non, je ne m'en étais jamais aperçue.

Vous ouvrez un œil, puis vous comprenez le sens profond de l'histoire du roi des étoiles.

– Tu sais, j'étais avec Laure, toi avec Jules. Alors…

Mon Dieu, il va vous dire qu'il vaut mieux rester bons amis. Vous refermez l'œil.

– Alors, je n'ai jamais pu te montrer mes sentiments. Tu es une femme merveilleuse, Léa. Je n'aurais jamais pu imaginer qu'un jour, tu puisses tomber amoureuse de moi.

Luc se penche vers vous et plante ses yeux dans les vôtres.

– Embrasse-moi !

– NON ! On ne peut pas faire ça. Et les autres ? Tu te rends compte ? On est dans de beaux draps, tiens, c'est malin ! Tu as pensé aux conséquences ?

– Non… C'est-à-dire que c'est assez soudain. Je n'avais pas vraiment prévu ça en venant en vacances avec vous, tu vois !

Bon d'accord, tout ceci est un peu votre faute, mais quand même !

– Alors, partons ! Faisons nos bagages et disparaissons loin d'ici ! propose Luc.

– Non, c'est trop lâche. Il faut que je lui parle, que je lui explique en douceur.

Hou ! Vous sursautez, car vous venez d'entendre un craquement juste derrière vous.

– Qu'est-ce que vous faites tous les deux ? Tout le monde vous cherche. C'est Fred, qui vous regarde du coin de l'œil, un poil inquisiteur. On a décidé d'aller tous ensemble en boîte ce soir. Venez, on vous attend !

Vous regardez Luc et voyez la même étincelle. Oui, vous auriez pu dire que vous étiez trop fatigués. Oui, vous auriez pu prétexter que vous préfériez une tisane et un bon bouquin…

Mais non, vous y allez !

Sur le chemin, vous restez silencieuse. Vous vous serrez contre Luc. C'est une toute petite voiture. Il caresse doucement votre main, subrepticement, sans que personne ne puisse le voir. Vous avez chaud. C'est agréable. Vous avez honte. Vous avez froid.

— Mais qu'est-ce qu'on va faire ? murmurez-vous.

— Laisse le temps faire les choses…

Alors là, il vous connaît mal !

À l'entrée de la discothèque, vous respirez un peu. Il y a du monde. Ça vous protège. Vous courez rejoindre Claire.

— Bon, ma belle, aujourd'hui, notre reality plan n'a rien donné ! Ni Fred ni Alex n'ont l'air de s'intéresser à Inge. Ce n'est pas ça qui va m'aider à faire un choix !

— C'est plutôt bon signe, non ? Imagine ta tête si l'un des deux s'était jeté sur elle.

— Oui. Tu as raison. Laissons-leur le bénéfice du doute et attendons demain. Et toi, ça va ? Tu n'as pas l'air dans ton assiette ?

— Si… ça va… Sûrement un truc que j'ai mangé qui ne passe pas.

Vous n'avez pas le courage de lui avouer qu'un troupeau de mammouths vous dévaste le cœur ni dans quel pétrin vous venez de vous fourrer.

— Allez viens, on va danser !

Claire vous entraîne vers la piste. Vous avez toujours aimé la techno. Le rythme du vieux tube de Legend B, *Lost in love*, vous donne plus que jamais envie de vous trémousser. *Lost in love*, pour ceux qui ne sont pas polyglottes comme vous, signifie « Perdu en amour ». Ce doit être un signe. Vous aimez les signes. Vous sautez partout. Un groupe de BGI (beaux gosses italiens) vous rejoint et entame une sorte de collé serré techno. Vous vous laissez porter et vous retrouvez dans les bras d'Armindo. Sûrement vos hormones qui vous jouent des tours… Après, vous ne savez pas bien comment c'est arrivé, mais Fred et Alex sont arrivés en furie, la musique s'est arrêtée, les lumières se sont allumées et Claire n'a pas pu finir sa conversation avec Paolo qui saignait du nez.

Luc vous prend fermement la main et vous force à le suivre à l'extérieur.

– À quoi joues-tu, Léa ?

– Mais qu'est-ce qui te prend ? Tu me fais mal !

– Tu me fais une déclaration, et une heure après, je te retrouve collée à un type que tu ne connais même pas !

– Hé, tu ne vas pas me faire une scène, quand même ? Regarde Jules, il ne dit rien, lui !

– C'est son problème ! Ce n'est pas ma faute s'il est assez idiot pour ne pas voir la chance qu'il a !

Oh, c'est trop mignon, ça ! Vous vous radoucissez. Mais il faut avouer que vous ne savez plus bien où vous en êtes. Et lorsque c'est comme ça, vous avez tendance à faire n'importe quoi.

– Je suis désolée, je ne sais pas ce qui m'a pris. Je crois que j'ai la trouille, c'est tout.

Vous faites votre tête de Mogwaï d'avant minuit à qui on pardonne tout. Vous jetez un coup d'œil à droite, un coup d'œil à gauche. La zone semble dégagée. Vous mourez d'envie de l'embrasser, mais posez simplement une main sur sa joue.

Avec tout ça, l'ambiance est un peu plombée. Alex et Fred sont interdits de discothèque et vous rentrez tous vous coucher.

Luc vous jette un regard implorant, mais vous refermez la porte de votre chambre.

Inge vous tend son urne funéraire avec un grand sourire.

– Tiens, cé pour toua !

Quoi! Cette horreur! Pour vous? Alors primo, vous n'avez prévu d'incinérer personne dans les dix ans à venir, et secundo, la couleur ne vous plaît pas du tout!

— C'est une cadeau pour té remercier dé ton gentillesse.

— Quelle gentillesse?

— Bé que tou mé réconforté hier pour Luc et que tou veuilles bien m'aider à loui plaire.

Manquait plus que ça!

— Mais je n'ai pas dit que je t'aiderais! Enfin, je veux dire, l'amour ça ne se commande pas. Je ne vois pas bien ce que je pourrais faire pour toi…

— Mé donner des conseils.

— Tu vois, vu l'état de mon couple, je suis très mal placée pour donner des conseils à qui que ce soit. Et puis, vraiment, pour le cadeau, c'est très gentil, mais je ne peux pas accepter…

— Si, j'insiste!

— Bon, pose-le toujours ici. Vous montrez du doigt la commode en face de votre lit. Vous ne voulez pas toucher cette chose qui vous dégoûte. On ne sait pas ce qui a pu y traîner par le passé.

— Allez, bonne nuit!

Vous feuilletez un magazine, mais votre cerveau repasse à cent à l'heure les évènements de la journée et vous avez du mal à vous concentrer. Vous tombez sur un petit papier léger qui parle des nouveautés très tendance de l'été. Heureusement qu'il y a des gens qui pensent pour vous et qui inventent des choses dont on n'aurait même pas osé rêver. Un maillot de bain soluble, du papier toilette avec des feuilles de Sudoku, un réveil économique qui s'arrête uniquement lorsque vous y glissez une pièce ou encore cet oreiller bluetooth auquel vous pouvez connecter votre téléphone portable pour pouvoir parler avec n'importe qui en dormant. Le must restant les chaussures avec GPS intégré, idéales pour les gens comme vous qui n'ont pas le moindre sens de l'orientation. Allez, oubliez…

Votre appartement regorge déjà d'une foule de choses qui vous ont semblé indispensables sur le coup, mais qui sont toujours dans leur emballage d'origine. L'appartement! Ça y est, vous êtes reconnectée d'un coup! Si vous quittez votre jules, vous perdez du même coup votre chez-vous puisque c'est chez lui. Bon, du calme. Pour l'instant, objectivement, il n'y a rien eu d'autre qu'une petite phrase prononcée très vite, trop vite. Peut-être que demain, il vous suffira de jouer l'idiote ou l'amnésique pour que tout rentre dans l'ordre…

Oui, mais!!! Ce que vous pouvez être pénible! Avec vous, il y a toujours un mais.

Ce pincement dans le ventre, votre cœur qui s'emballe, vos joues qui rosissent facilement… Tout cela ne vous dit rien qui vaille. Il faut se rendre à l'évidence : vous êtes la malheureuse victime de ce satané Cupidon! Vraiment, il pourrait faire attention quand il vise. Parce que vous êtes amoureuse, OK, c'est bien beau, mais vous êtes quand même amoureuse d'un autre homme que celui que vous êtes censée aimer. Bon, il est vrai que Jules vous a déjà trompée. Après tout, ce ne serait que lui rendre la monnaie de sa pièce. Si seulement vous aviez votre oracle de Belline, vous pourriez l'interroger pour savoir que faire. Bon, il va falloir vous fier à votre instinct. Une chose est sûre, Mesdames et Messieurs, vous déclarez la cérémonie des emmerdes ouverte!

Le lendemain, vous émergez difficilement, oscillant entre l'envie de vous assoupir encore cinq minutes et celle d'être la première levée pour éviter de vous retrouver à la table du petit déjeuner avec Luc. Prudente, vous commencez par vous asseoir et vous retrouvez face à ce hideux récipient à cendres.

Est-ce que ça casse ? Vous vous approchez doucement et donnez deux petits coups secs avec la pointe de l'index. Ça sonne creux, mais ça fait gling gling à l'intérieur. Curieuse, vous ouvrez l'urne. Oh, c'est comme dans les poupées russes, il y a une autre boîte à l'intérieur. Vous l'attrapez. Wahou ! Il y a des bijoux. Vous vous sentez honteuse de ne pas avoir sauté de joie hier soir et de ne pas avoir remercié Inge comme il se doit. Bon, ce n'est pas trop votre style, mais ça n'a pas l'air d'être de la pacotille. Vous placez le collier entre vos dents et le mordez pour vérifier qu'il s'agit bien d'or véritable. Vous voyez toujours les chercheurs d'or le faire dans les films. Zut, vous vous êtes fait mal aux dents. L'ennui, c'est que comme vous ne savez pas quelle consistance ça doit avoir, vous ne savez donc pas si c'est bon signe. Vous essayez les boucles d'oreilles et vous vous admirez dans le miroir. Vous ressemblez à une princesse étrusque.

Zinnnnng ! Vous avez l'impression d'avoir deux fils qui se touchent. Mon Dieu ! Les bijoux, le musée, le vol !

Vous vérifiez par-dessus votre épaule qu'Inge est toujours endormie et sortez en courant de la chambre. Luc est déjà levé et essaie de vous rattraper.

— Il faut qu'on parle, Léa !

— Oui, je reviens, je t'expliquerai… Moi aussi il faut que je te parle, et ce que je vais te dire ne va pas te plaire !

— Mais…

Essoufflée, vous carillonnez à l'entrée de la propriété de Monica et lui demandez de toute urgence le journal du jour. Et paf ! En première page, vous restez interdite devant la photo des bijoux volés dans la tombe de Melone II du Sodo que vous portez encore autour du cou ! Vous sentez une bouffée d'angoisse vous envahir. Vos mains sont moites et votre respiration s'accélère. Tout ceci n'est qu'un cauchemar. Vous allez vous réveiller ! Mon Dieu, vous dormez dans la même chambre qu'une criminelle ! Vous avez tout de suite senti qu'il y avait un truc qui ne tournait pas rond chez cette fille. Et ça vous fait des compliments, et ça vous fait des cadeaux pour vous mettre dans sa poche. Quelle horreur ! Vous venez de vous rendre compte qu'elle vous a offert l'urne avec les bijoux volés pour que ce soit vous qui vous fassiez pincer à la douane. Vous allez finir vos jours en prison à cause de cette fille et ne reverrez plus jamais Luc !

Vous courez le rejoindre, vous effondrez dans ses bras et lui racontez votre terrible découverte.

– Ah ! tu m'as fait peur, j'ai vraiment cru que tu avais changé d'avis depuis hier.

– Oui, on en parlera plus tard ! Mais qu'est-ce qu'on va faire ? Qu'est-ce que je vais devenir ?

Vous hoquetez de plus belle.

– Il doit y avoir une explication plausible à tout ça. Je connais Inge, elle est incapable d'une chose pareille. D'autant que c'est la riche héritière de l'empire BioSein, les prothèses mammaires biodégradables issues du commerce équitable.

– Oh, tu sais, les riches, ils en veulent toujours plus !

– Allez, calme-toi, commence par aller les ranger là où tu les as trouvés, et nous trouverons bien un moyen d'éclaircir tout ça.

– Oui d'accord… snifff… Tu peux m'aider à enlever mes empreintes ?

Vous retournez sur la pointe des pieds jusqu'à votre chambre et regardez votre compagne de cellule dormir comme un bébé. On lui donnerait le Bon Dieu sans confession. Elle est super fortiche quand même de réussir à donner le change, même dans son sommeil. Comment efface-t-on des empreintes ? Vous alliez Googler « effacer + empreinte +vol » sur votre portable, mais vous vous ravisez. Il faut être plus maligne que ça. La police surveille certainement votre téléphone à l'heure qu'il est. Vous n'allez pas vous laisser avoir comme une bleue.

Vous prenez l'urne sous le bras et l'emmenez sous la douche. Vous frottez minutieusement chaque recoin de vos corps respectifs et l'aspergez de parfum. L'alcool, ça nettoie ! Un soupçon de poudre de soleil et hop, vous espérez que les traces du crime sont assez maquillées.

Vous rejoignez Luc attablé avec Claire et Jules (il y a des jours comme ça) et faites un signe discret en remuant mécaniquement la tête de haut en bas pour lui signifier que l'opération a marché comme sur des roulettes. Vous n'avez pas le cœur à avaler quoi que ce soit. Vous sentez les petites gorgées de café brûlant heurter la boule dans votre gorge et rebondir sur les nœuds de votre estomac, un peu comme dans un flipper.

– Tiens, on a de nouveaux voisins…

Vous vous retournez machinalement et voyez Monica en train de faire le tour du propriétaire avec un couple de policiers en uniforme. Malgré vos jambes cotonneuses, vous tentez de vous mettre debout en tenant fermement le rebord de la table. Soudain votre vision se brouille, et vous tombez dans les pommes.

Vous sentez de petites tapes sur vos joues, tandis qu'une main tient fermement votre nuque. Vous appréciez la fraîcheur du gant humide sur votre visage et ouvrez les yeux. La vue du képi vous donne envie de les refermer immédiatement. Ça y est, vous êtes perdue ! Le policier s'adresse à vous, mais vous ne comprenez pas ce qu'il vous dit. Monica lui sert d'interprète. Vous avez l'impression de jouer un remake du film *Midnight Express*.

– Il te dit que la dernière fois que c'est arrivé à sa femme, il s'est retrouvé dans une salle d'accouchement neuf mois plus tard.

Tout le monde rigole. Pas vous ! D'autant que vous voyez Inge s'approcher.

– Qué cé qui sé passe ?

Vous avez envie de hurler, mais seul un petit jappement s'échappe de votre bouche. Vous pointez le doigt en direction d'Inge et réussissez à articuler tant bien que mal avec une voix d'E.T enroué.

– Collier… Inge porte le collier…

Elle porte une main à son cou. Ah, ah ! Rira bien qui rira la dernière. Elle a essayé de vous faire porter le chapeau et la voici prise au piège, faite comme une rate. Le policier demande à voir le bijou de plus près et l'examine minutieusement. Vous pensez qu'il va le croquer et que vous allez enfin connaître le truc, mais il sort simplement une petite loupe de sa poche et vous montre en rigolant l'inscription Made in China.

– Le monsieur te dit qu'en ce moment, il n'est pas très bon de porter les imitations qu'on trouve à la boutique du musée. Du moins, tant que les vrais bijoux n'ont pas été retrouvés.

Tout le monde se marre. Pas vous. Vous éprouvez un immense sentiment de soulagement assorti d'une pointe de honte, mais aussi un peu de déception. Vous ne ferez pas la une des journaux et ne recevrez pas de récompense. « Une jeune fille française démantèle un énorme réseau de trafiquants. N'écoutant que son courage, elle a frôlé la mort pour faire tomber le cerveau diabolique du gang suédois… » Tant pis, vous aurez d'autres occasions.

Toutes ces émotions vous ont finalement ouvert l'appétit et vous dévorez avec entrain tout ce qui vous tombe sous la main : œufs brouillés avec jambon di Parma, briochettes avec Nutella et tartines d'huile d'olive frottées à l'ail.

Jules vous regarde bizarrement.

– Tu es sûre, tu n'es pas enceinte ?

– Ça non alors, ça ne risque pas !

Comme il n'y a pas de peau de singe, vous touchez du bois.

– Pourquoi ? Un jour on aura sûrement un bébé, non ?

Vous manquez de vous étrangler en regardant Luc et Jules côte à côte.

- Heu… Je n'aurai pas d'enfant avant le mariage, de toute façon !

Là, vous êtes tranquille !

Vous vous préparez en moins de temps qu'il n'en faut pour le dire et attrapez juste à temps le bus qui doit vous conduire à Sienne. Aujourd'hui, vous allez assister à une reconstitution du célèbre *Palio*, une course de chevaux très spectaculaire qui a normalement lieu en été. *Palio* vient du mot latin *pallium*, et désigne un étendard de soie à la forme rectangulaire. Au Moyen Âge, c'était la récompense lors des tournois et des courses de chevaux, dixit votre petit Guide du routard que vous feuilletez en chemin.

– Et donc, le gagnant reçoit juste un bout de chiffon ?

– Le *Palio*, c'est bien autre chose qu'une course ! intervient Luc. Pour l'apprécier, il faut comprendre l'histoire de la ville.

Vous êtes subjuguée par le charme qui émane des gens passionnés. Avec lui, c'est sûr, vous apprendrez à vous taire.

– Tu sais, Sienne a une organisation territoriale particulière, basée sur les contrades, ou les « quartiers » si tu préfères. Chacun de ces quartiers, il y en a dix-sept, possède son église, son saint protecteur, sa place, sa fontaine et son animal totem éponyme (époquoi ?), comme l'aigle, la girafe, la licorne, l'escargot… Chaque quartier est une sorte de petit pays avec son gouvernement propre. C'est cet attachement quasi filial qui a donné lieu au *Palio* où les habitants s'affrontent pour l'honneur de leur quartier.

Wahou! Il y en a qui potassent quand même avant de partir en vacances!

– Ferme la bouche, vous chuchote Claire. Je commence à comprendre ton histoire de crapaud qui se transforme en prince charmant...

Luc s'apprête à poursuivre son explication sur le côté religieux de la chose puisque comme chacun le sait, le *Palio* célèbre aussi Marie, la sainte patronne de Sienne, mais le bus s'arrête pour vous déposer à proximité de la *Piazza del Campo*.

Les cloches de la tour *del Mangia* résonnent partout dans la ville. Tant bien que mal, vous tentez de vous frayer un passage dans la foule euphorique, tandis que les cavaliers, vêtus de leurs beaux costumes, font une entrée triomphale. La beauté du lieu est vraiment renversante. Cette drôle de place, incurvée en forme de coquille Saint-Jacques, est bordée d'édifices ocre ressemblant à des palais. Avec tous ces volets fermés, on s'attend à voir surgir une multitude de petites princesses qui vous crient : « égoïste, égoïste, égoïste... » (votre côté publivore).

Puis vient le silence. La tension atteint son paroxysme. Serrés comme des sardines dans un bain d'huile, les gens attendent tout en retenant leur souffle. Les chevaux sont sur la ligne de départ, raclant nerveusement la terre de leurs sabots. Tiens, ils n'ont même pas de selle... Et c'est parti mon kiki! Ils s'élancent à plein galop pour un premier tour de piste. Les cavaliers poussent des cris barbares et fouettent violemment le flanc de leur monture. Ils abordent un virage très serré, vous voyez le représentant de la tribu Escargot donner un coup de cravache à son voisin.

- Houuuuhouuuuuuu!

Eh oui, ici tous les coups sont permis. Il glisse... et mon Dieu, c'est la chute! Les autres chevaux le piétinent. Vous mettez les deux mains devant vos yeux comme lorsque vous étiez gamine devant un film qui faisait peur et demandez à Luc :

— Tu me diras quand je pourrai regarder ?

Vous entendez les hurlements de joie des Licornes.

- Quoi, c'est déjà terminé ?

Le cheval vient de franchir la ligne d'arrivée après trois tours de piste. Le cavalier, non ! Ce n'est pas grave, ça compte quand même. Qu'est-ce qu'un cavalier dans la vie d'un cheval ? La réciproque n'étant pas vraie. Une véritable liesse s'empare de toute la place... enfin des habitants du quartier concerné et des étrangers comme vous qui ne sont là que pour le spectacle. Les autres sont en pleurs.

Beaux joueurs, tous s'en vont néanmoins vers le *Duomo* (une énorme cathédrale à rayures noires et blanches de toute beauté) pour entonner le chant du remerciement. Le cheval aussi a droit à sa bénédiction. Ce soir, il aura même le droit de manger à table avec ses amis humains pour fêter ça. Ça doit être drôle un cheval avec un bavoir autour du cou...

Vous ne sauriez dire s'il l'a fait exprès ou si c'est un tour de son subconscient, victime d'un collapsus super révélateur, mais Luc a eu comme un moment d'absence et s'est laissé porter par la foule en vous serrant fortement la main. Tant et si bien que vous avez perdu le reste de la bande.

Vous recevez un petit texto de Jules : T ou ?

Vous lui répondez : C pa !

Il vous répond : RDV fontN Gay

Vous lui répondez : C pa ou C si C pa ou sui

En fait, la fontaine de la joie, *Gaia,* est sur la place que vous venez de quitter, mais perdus pour perdus... Oui, je sais ce que vous êtes en train de penser ! Mais dans la vie, il ne faut jamais dire Fontaine, je ne boirai pas de ton eau. Nul n'est parfait, vous la première, mais c'est horripilant cette manie qu'ont les gens de déverser des tas de cailloux devant chez vous sans se soucier des gravillons qui empêchent leur propre porte de se refermer.

Le ciel s'est brusquement assombri. Vous vous enfoncez dans la ville, vous aventurant au hasard de ruelles moins fréquentées. Un peu mal à l'aise, vous ne prononcez pas un mot.
Vous et lui en même temps : Tu veux que...
Lui : Vas-y, toi...
Vous : Tu veux qu'on visite un musée ?
Lui : C'est que... j'avais pensé... reprendre les choses là où on les avait laissées. Tu ne crois pas qu'il faut qu'on discute un peu ?
Vous vous apprêtez à lui dire que cette histoire est impossible, qu'il vaut mieux tout oublier et en rire un bon coup pendant qu'il en est encore temps. La pluie commence à tomber, et vous n'avez même pas de capuche pour vous protéger. Luc vous prend par la main et vous courez vous abriter. Sous le porche de cette grande maison aux persiennes rouges, plaquée contre les barreaux métalliques de l'entrée laissant entrevoir un magnifique patio verdoyant, vous observez Cupidon. Chevauchant un dauphin, il tire une flèche de son carquois et semble dominer l'imposante fontaine en plomb ornée de coquillages. Comme l'eau froide vous a glacé les os, Luc tente de vous réchauffer en vous frottant énergiquement les bras. Vous sentez son souffle chaud, sa respiration qui s'accélère, ses mouvements qui ralentissent, ses yeux qui ne savent plus quoi faire. Et là, vous savez que c'est foutu.

Vous vous affaissez, relâchant chaque muscle, chaque membre, chaque petit morceau de peau, lentement, un par un, jusqu'à la dernière paupière. Les bras ballants et les yeux fermés, vous attendez. Ses mains caressent vos cheveux, votre joue, votre cou. Vous sentez sa paume agripper fermement votre nuque et le contact de ses lèvres sur les vôtres.

C'est chaud comme un soufflé, doux comme du coton, acidulé comme un bonbon, lisse comme de la soie, fort comme de l'absinthe.

Lâchant complètement prise, vous entrouvrez les lèvres et explorez ce nouveau monde plein de couleurs et de saveurs. Vous vous aventurez plus avant et êtes surprise par l'intensité, par la force que vous donne ce baiser. Vous volez. Vous chantez. Vous riez. Vous criez. Vous promenez vos doigts sur la peau de cet ange, vous vous enroulez autour de lui, l'enveloppez de vos bras et respirez à pleins poumons le parfum du bonheur qui s'en dégage. Vous perdez toute notion du temps.

Vous ne savez pas combien de minutes ou d'heures vous êtes restés ainsi, blottis l'un contre l'autre à l'abri de cette porte cochère. Ce moment-là, vous voudriez qu'il dure pour l'éternité. Ce moment-là, vous le garderez précieusement, toute votre vie. Pour que le jour venu, quand vous serez une petite mémé au dos courbé et au chignon décrépit, quand vous ne pourrez plus vivre des instants comme celui-là, vous puisiez votre force dans la magie de ce jour-là.

– Wahou, on ne m'avait jamais embrassée comme ça! est tout ce que vous trouvez à dire…

Luc esquisse un petit sourire gêné et ravi à la fois. Pas genre « Ça leur fait toutes cet effet-là! », mais vous voyez néanmoins son ombre déployer fièrement la queue du paon.

La pluie a cessé et la vie reprend son cours dans la ville. Des gamins vous regardent en rigolant.

– Oh gli innamorati! Oh gli innamorati!

Ce qui doit signifier quelque chose comme : « Ouh la menteuse, elle est amoureuse! »

Vous riez à votre tour et partez main dans la main à la recherche d'un petit endroit romantique pour assouvir une autre de vos envies : grignoter quelque chose. Penser que les gens amoureux n'ont jamais faim est une idée préconçue complètement farfelue.

Affamés, vous commandez une énorme *bistecca alla fiorentina*. Autour de vous, tout le monde est un peu ivre et fête la victoire ou la défaite à sa façon. Vous vous régalez de cette énorme pièce de bœuf, saignante à cœur et fondante en bouche. Vous rongez l'os avec délectation, dépiautant de petits morceaux de viande pour lui donner la becquée. Vous parlez de vos rêves, de vos projets d'avenir à tous les deux... enfin chacun de votre côté. VOUS n'existez pas encore. C'est trop tôt. C'est trop loin.

Luc aimerait tout plaquer, changer de vie. Son métier lui plaît, mais ça reste un métier. Il voudrait s'impliquer, créer quelque chose qui lui ressemble et dont il puisse être fier pour le transmettre un jour à ses futurs enfants.

Vous... ben... vous êtes déjà un peu en train de tout plaquer, mais pour l'instant, vous n'avez pas envie d'y penser.

– Et tu as une idée de ce que tu aimerais faire ?

– Mon rêve, ce serait de posséder un domaine comme la *Metina* et d'y réaliser un projet architectural unique. Quelque chose de simple mais beau, qui nous ramène à l'essentiel. Et aussi produire mon vin, m'occuper de mes vignes, de mes olives. Mais c'est un projet de vie qui se décide à deux.

Houlà ! Vous vous seriez plutôt vue dans le rôle de la gentille petite femme d'architecte avec un appart hyper design où tout se fait en claquant des doigts. Lumière, clac ! Fermeture volets, clac ! Café du matin, clac ! Alors, gérer un domaine comme la *Metina*...

Option A : vous avez une foule de petites mains qui travaillent pour vous, et passez votre temps à écrire votre prochain roman à l'ombre du cyprès et à vous rafraîchir dans la piscine. Option B : vous êtes un jeune couple qui démarre et n'a pas les moyens d'employer du personnel. Vous passez vos journées habillée en soubrette à faire le ménage, préparer les chambres, faire les courses pour les invités, courir dans tous les sens pour satisfaire le moindre désir de vos hôtes.

Oui, l'option B est sans doute plus réaliste mais, s'il vous plaît, qu'on vous laisse encore un peu vivre dans votre monde tout rose fait de maisons en sucre et de bonshommes en guimauve !

Hi waf waf waf waf waf, Hi waf waf waf waf waf !

C'est la sonnerie idiote de votre portable, que vous n'avez pas encore réussi à modifier, qui vous indique l'arrivée d'un nouveau SMS.

C'est Claire : C leur !

Vous : C leur koi ?

Claire : C leur du bus !

— Il commence à se faire tard, il va falloir rejoindre les autres pour prendre le bus, dites-vous d'une voix blanche (oui, les voix ont des couleurs).

— Et si on le ratait, ce bus ?

Vous aimeriez prolonger ce moment, vous sentez la chaleur de sa main qui glisse doucement sur votre cuisse...

La proposition est tentante, mais 1) vous avez la trouille et 2) vous avez la trouille ! La trouille de ne pas être à la hauteur pour cette première nuit et la trouille de vous réveiller demain matin avec le sentiment d'avoir fait une énorme bourde.

— Non, les autres vont trouver ça vraiment trop étrange et je ne pourrai plus les regarder en face. Tu sais, les mensonges et moi, ça fait deux.

— De toute façon, il va bien falloir qu'on leur parle ! Enfin, qu'on lui parle...

— Comment ça ?

– Je ne vais pas te laisser affronter ça toute seule. Nous allons aller voir Jules et tout lui expliquer, calmement.

– AH AH AH AH AH ah ah ! AH AH AH AH AH ah ah !

Vous partez d'un éclat de rire nerveux, proche de l'hystérie. Vous savez, comme l'horrible sorcière qui fiche drôlement les pétoches dans le train fantôme.

– Expliquer ce qui s'est passé entre nous à Jules comme ça, de but en blanc, tout de suite ? Laisse-moi régler ce point à ma façon, s'il te plaît, ça vaudra mieux pour tout le monde.

– Comme tu voudras… En tout cas, je suis là.

Vous vous accordez un dernier baiser. Et encore un petit dernier ! Cette fois c'est sûr, c'est le tout dernier ! Vous inspirez à fond pour capturer l'odeur de sa peau. Pendant que Luc règle la note, vous cogitez à cette conversation concernant votre futur-ex-jules. En fait, sur le moment, vous n'avez pas vraiment pensé à cet aspect des choses. Comment allez-vous bien pouvoir le lui annoncer sans le blesser ? Jules, il faut que je te parle ! J'ai un amant ! Vous faites rouler cette phrase dans votre bouche. Non… ça fait trop Jules, je t'ai trompé !

Rien que le mot vous fait froid dans le dos. Vous sentez la *bistecca* danser dans votre estomac. Oh non, vous n'allez pas lui faire le même coup que dans l'avion ! Vous vous forcez à penser à un truc très drôle, genre Courtevue allongé, nu, sur un plateau de charcuterie, avec du persil dans le nez, et l'air frais achève de vous requinquer.

Vous vous lâchez la main au dernier moment, juste à l'angle de la rue, puis vous finissez par rejoindre les autres. Tous ont l'air d'excellente humeur, ronds comme des queues de pelles à force d'avoir fêté la victoire dans le quartier de la Licorne. Tous à l'exception de Claire qui n'a pas l'air de très bon poil. Vous vous asseyez à côté d'elle sans quitter Luc des yeux.

– Vous n'êtes pas très discrets tous les deux ! T'as de la chance : Jules ne verrait pas une oasis en plein désert !

– Quoi ? De quoi tu parles ? On s'est perdus, c'est tout ! Ce sont des choses qui arrivent à tout le monde.

– Oh non, pas à moi, Léa ! Je te connais assez pour savoir que je ne t'ai pas vue avec cet air-là depuis un bon moment.

– Bon d'accord. Mais tu pourrais au moins être heureuse pour moi !

– Désolée, ça n'a rien à voir avec toi ! Bien sûr que je suis contente que tu te décides enfin à quitter ce crétin de Jules ! C'est juste que j'ai passé une très mauvaise journée. Fred et Alex s'entendent comme deux larrons en foire, et je viens de leur mettre une note très en dessous de la moyenne.

– Ah bon, pourquoi ?

– Eh bien, je suis tombée en adoration devant un magnifique collier. Une pure merveille. Certes un peu cher, mais bon, quand on aime quelqu'un, on doit vouloir ce qu'il y a de mieux pour lui, non ? J'en ai donc profité pour faire notre petit test « cigale ou fourmi ».

– Et…

– Alex m'a fait remarquer qu'il m'avait déjà offert une bague avant de partir !

– Et Fred ?

– Qu'il m'offrira un cadeau le jour où j'aurai effectivement quitté Alex. Pas d'investissement à perte ! Franchement, je ne sais pas lequel des deux est le plus goujat !

Vous ne pouvez vous empêcher de penser que c'est de bonne guerre. À cet instant, vous comprenez que le grand perdant de ce jeu de la vérité ne sera sans doute pas celui qu'on croit, et que ce n'était peut-être pas une si bonne idée.

– Allez, ce n'est pas grave, raconte-moi plutôt ta journée en détail. Et je veux TOUT savoir ! Surtout si tu veux que je t'offre le super cadeau d'anniversaire que j'ai préparé.

Avec tout ça, vous en avez presque oublié votre anniversaire. Trente et un ans demain ! Pfiou, ça file et ça défile. Mis à part ce petit désagrément, vous adorez les anniversaires, surtout le vôtre. Vous avez l'impression d'être une petite reine l'espace d'une journée. Vous faites uniquement ce qui vous plaît et personne n'a le droit de vous contrarier. Et demain, vous aurez envie de quoi ? Hum, voyons… Faire une longue promenade à cheval au milieu des collines, avec Luc ! Dénicher un village pittoresque, petit bijou accroché à un rocher immergé dans un écrin de nature et y passer la journée, avec Luc ! Ou tout simplement ne rien faire, mais avec Luc !

Si tout va bien, Jules ne devrait même pas se rappeler que c'est votre anniversaire, vous savez comment sont les hommes…

Vous arrivez enfin à la *Metina* et retrouvez Clarence et Pierre-Mathieu en train de lire au bord de la piscine. La petite bande décide de continuer à fêter l'événement avec eux autour d'une dernière bière.

– Tu parles, on n'a presque rien bu, hic, à la santé du cheval !

Vous, vous êtes exténuée et allez immédiatement vous coucher. Le sommeil vous pousse doucement vers le mont Sans-Souci. C'est drôle, vous jureriez que quelqu'un vient de vous embrasser.

À 3 h 59, vous vous réveillez en sursaut. Vous allumez la lumière. Inge n'est pas dans son lit. Vous entendez des éclats de voix qui proviennent de l'extérieur. Vous enfilez à la hâte votre peignoir, et en bonne commère que vous êtes, sortez voir ce qui se passe. La porte de vos voisins français étant ouverte, vous distinguez le bruit des assiettes qui volent et se brisent sur le carrelage. Ouf… Pierre-Mathieu vient d'en éviter une de justesse. Hugues essaie de s'interposer, mais les yeux de Clarence lancent des éclairs, et rien ne semble pouvoir l'arrêter.

— Comment as-tu osé me faire ça ? Tu as pensé aux enfants ?

Bling, crash, boum.

— Calme-toi, je vais t'expliquer…

— IL N'Y A RIEN À EXPLIQUER ! Je crois que c'est assez clair ! Ce que tu as fait est dégoûtant ! Me tromper ainsi presque sous mon nez !

Bling, crash, boum.

— Et me tromper avec ça ! Dégagez, je ne veux plus vous voir !

Vous reculez un peu, tapie dans l'ombre, à l'abri des arbres et des regards. Vous voyez Hugues sortir, rouge, les cheveux et la chemise en bataille, traînant Inge, titubante et blanche comme un linge. Ah cette fois, pas de doute possible ! Cette Inge saute vraiment sur tout ce qui bouge. Quand même, un homme marié ! Vous saviez bien qu'il y avait un truc qui ne tournait pas rond chez cette fille.

Luc vous a rejointe, alerté par les cris. Vous lui faites signe de ne pas faire de bruit. Vous voyez Hugues et Inge parler en gesticulant, mais n'arrivez à discerner que quelques bribes de leur conversation. Inge a l'air franchement en colère et crache à Hugues tous les noms d'oiseaux qu'elle connaît en français. Elle est culottée quand même. Comme si c'était la faute de Hugues ! Ils rentrent enfin se coucher et vous racontez à Luc la scène dont vous venez d'être témoin.

— Non, ce n'est pas comme pour les bijoux ! Cette fois, il n'y a aucun doute possible.

— Oui, bon, étant donné notre situation, on ne va pas lui jeter la pierre…

— Quoi ? Bien sûr que si ! Ils sont mariés… Il y a les enfants… et c'est juste une histoire d'un soir alors que nous…

Et puis, tu lui trouves toujours des excuses pour tout. C'est agaçant à la fin!

– Non, bien sûr que non! Mais tu crois que je suis à l'aise avec tout ça, moi? Je te préviens, Léa, tu as intérêt à parler à Jules demain, sinon c'est moi qui m'en charge!

– Demain! Non, pas demain s'il te plaît! Vous faites votre air de Calimero que vous tenez un tout petit peu moins bien que celui du Mogwaï. Demain, c'est mon anniversaire et...

– D'accord. Tu sais bien que je ne peux rien te refuser, surtout ce jour-là. Mais après-demain, tu devras lui dire la vérité. Je n'ai pas envie que notre histoire démarre sur de mauvaises bases, c'est tout. Allez, viens!

– Voui

Adossé à un arbre, il vous attire contre lui et vous enlace doucement. Vous vous accrochez à lui comme un bébé koala et vous sentez à l'abri de tout. Il dépose un baiser sur votre front et une déferlante de tendresse vous engloutit. Vous avez l'impression de surfer sur un océan fait de glaces italiennes onctueuses et crémeuses et savourez le contraste entre la douce vanille et le croquant du chocolat. Après-demain vous paraît si loin...

– Bon anniversaire, mon petit ange.

Mais oui, c'est vrai, on est déjà demain!

– Merci, la journée ne pouvait pas mieux commencer... enfin, pour nous...

Finalement, vous êtes en train de faire exactement ce que vous auriez aimé faire le jour de votre anniversaire et d'ailleurs, pour le restant de vos anniversaires.

Le jour commence à se lever et vous rentrez sur la pointe des pieds. Inge dort à poings fermés. Eh bien, ce n'est pas la culpabilité qui l'étouffe, celle-là!

Après deux courtes heures d'un sommeil des plus agités, vous vous levez tant bien que mal et vous dirigez vers la salle de bains. Une vision d'horreur vous saute à la figure. Il va vous falloir des heures pour effacer toutes ces traces de fatigue, plus celles du poids de l'année supplémentaire que vous venez de prendre. Vous piochez au hasard dans la foule de petits flacons multicolores d'Inge qui doivent coûter les yeux de la tête, et vous vous en tartinez allègrement. Après tout, vous ne faites que lui emprunter des petites choses sans importance, pas son mari. Vous passez une jolie robe blanche et êtes fin prête pour piloter le char de la reine de la journée.

En sortant, vous apercevez immédiatement Clarence et Pierre-Mathieu, tous les deux pâles et les traits tirés. Ils sont en train de charger leurs bagages dans la voiture. Camilla, la plus jeune de leurs filles, pleure et s'accroche à la jambe de son père.

— Non, vous ne pouvez pas faire ça, on ne veut pas partir, on ne veut pas que vous divorciez !

— Ton père n'avait qu'à y penser avant de faire ses saletés dans notre dos !

— Calme-toi Camilla, nous parlerons de tout ceci à la maison. Ta mère a assez fait de scandale comme ça pour la journée !

Vous passez près de Clarence et la prenez dans vos bras.

— Si je peux faire quelque chose…

— Tiens ton jules à l'œil si tu y tiens, c'est tout ce que je peux te conseiller ! On ne connaît jamais vraiment les gens…

Vous ne voyez pas trop ce qu'elle a voulu dire par là…

L'ambiance est un peu pesante, mais vous ne pipez mot sur la scène d'hier soir et tout le monde vous souhaite joyeusement un bon anniversaire. Même Jules qui vous dépose un gros baiser sur la bouche en vous disant :

– J'ai un cadeau un peu spécial pour toi. Mais tu ne l'auras que ce soir. Prépare-toi à être très surprise !

Hum… Vous vous demandez ce qu'il a bien pu vous préparer.

Les seules fois où il vous a concocté des surprises un peu spéciales, vous avez vite déchanté :

- Une croisière romantique sur le Nil, tous les trois en amoureux avec Hugues. Vous ne l'avez su, bien sûr, qu'une fois que le bateau avait quitté le quai et que vous ne pouviez plus rentrer à la nage.

- Un saut en parachute. Lorsque Jules vous a poussée sans ménagement du haut de l'avion malgré vos hurlements, l'idée de couper ses petites ficelles vous a traversé l'esprit. Mais vous vous êtes rappelé juste à temps que vous sautiez en tandem et avez eu peur de vous emmêler les pinceaux. Inutile de vous dire que l'atterrissage a été plus que houleux.

- Et le pompon : un objet extrêmement cher avec votre prénom joliment gravé dessus à l'or fin. Une pièce unique, créée par une jeune artiste espagnole, sans doute elle aussi amoureuse d'un égoïste qui passe son temps devant sa console. Eh oui, une magnifique manette de jeu vidéo pour que vous n'ayez plus aucune excuse de ne jamais participer aux événements importants de la vie de Jules. Vous n'avez jamais osé la sortir de son écrin (oups !).

Vous avez donc de bonnes raisons de craindre le pire… Luc vous embrasse comme un bon camarade en vous glissant à l'oreille que vous fêterez ça tous les deux plus tard, à votre façon. Vous avez hâte de découvrir ce qu'il y a à l'intérieur de ce petit Kinder.

Claire vous annonce, ravie, qu'elle vous a préparé un programme rien qu'entre filles (sans Inge) pour prendre soin de votre petite personne.

Vous commencez par une séance détente dans une station thermale proche de Montepulciano. Rien de tel qu'une petite cure de thalassothérapie pour vous ressourcer. Vous allez pouvoir vous laisser aller avec délices dans l'eau tiède bouillonnante, savourer les bienfaits purifiants d'un bain de boue, sentir votre corps se dénouer sous l'effet du doux massage de celui qu'on appelle « Doigts de fée » (sa réputation se transmet de fille en fille)...

En sortant du vestiaire, vous avez du mal à cacher votre nudité sous la minuscule serviette blanche qu'on vous a fournie. Une énorme matrone italienne vous fait mettre en rang.

Au premier coup de sifflet, tout le monde fait tomber sa serviette. Pas vous. La dame vous regarde d'un air mauvais et siffle un nouveau coup strident.

– Je fais ce qui me plaît, c'est mon anniversaire, sifflotez-vous nonchalamment.

La dame n'a pas l'air content du tout et attrape un morceau de votre serviette. Vous tirez encore plus fortement sur celui qui vous reste dans les mains. Vous basculez toutes les deux et atterrissez dans le cratère de boue. Avez-vous déjà vu un combat de catch féminin ? En tout cas, c'est chouette, maintenant vous pouvez sortir, vous vous sentez moins nue. La dame a un faux air de Germaine-la-grande-crado, la reine des *Gorgs* dans *Fraggles Rock*. Pour votre peine, vous gagnez toutes quinze minutes sous un jet glacé vivifiant que les autres ont l'air de détester autant que vous. Même Claire vous regarde d'un sale œil !

– Allez, il va falloir me faire fondre tout ce gras, mesdemoiselles !

Après quinze autres minutes à suer dans une toute petite pièce à l'atmosphère irrespirable, la matrone s'installe au milieu d'une sorte d'amphithéâtre où trône une table rudimentaire et vous dit d'attendre un moment. Sûrement le beau masseur aux doigts experts qui tarde à arriver. Elle revient seule munie de quelques accessoires. Le beau masseur étant souffrant, c'est elle qui assure son remplacement. La consternation se lit sur tous les visages. Allez, à la première de ces demoiselles… Au hasard, vous !

Vous arborez toujours fièrement votre petite serviette qu'elle vous arrache cette fois sans plus de chichi. La dame vous plaque rudement sur la table des supplices et entreprend de vous frotter la peau au gant de crin avec la délicatesse d'un ours. Elle vous fouette ensuite les jambes avec des branches d'orties pour soi-disant faciliter la circulation de votre mauvais sang et vous saute dessus à califourchon pour mieux vous laminer la colonne vertébrale avec une sorte de petit rouleau fait de pierres et de picots très chauds. Malgré vos protestations, elle vous retourne comme une crêpe afin de coller une série de tapes sur votre soi-disant sangle abdominale. Vous vous tordez dans tous les sens en implorant son pardon et jurez que vous allez reprendre le sport dès votre retour, et si ça ne suffit pas, arrêterez le Nutella et autres petites choses qui riment avec Cola.

Un dernier coup de jet alterné brûlant et glacé et vous pouvez enfin retourner vous asseoir en claudiquant sur le banc des prévenues. Claire rigole comme une bossue en vous voyant ainsi recroquevillée et grimaçante de douleur. Mais son hilarité est de courte durée, car Maman Ourse l'appelle à la barre.

– Non merci, je ne participe pas, j'accompagne juste mademoiselle, c'est son cadeau d'anniversaire.

Cette fois, c'est vous qui riez à en faire pipi dans votre culotte (enfin, si vous en aviez eu une) en la voyant se faire traîner par les pieds sous les acclamations du public. Une fois le sort des quinze autres pauvres filles réglé, c'est l'heure de la pause déjeuner. Vous jetez un coup d'œil au buffet servi à volonté : salade verte – épinards verts – brocolis verts – asperges vertes – concombre vert – choux romanesco verts.

Beurk! Toute cette verdure vous file le tournis sans vraiment vous mettre en appétit. Vous décidez de filer en douce sans demander votre reste et trouvez un charmant petit resto où vous dégustez le meilleur plat de *penne allarabiata* que vous ayez jamais mangé.

– À ton anniversaire!

– À cette merveilleuse journée que seule une meilleure amie peut vous offrir!

Vous levez votre verre et trinquez à l'amitié.

– Oui, bon, je suis désolée…

Vous riez toutes les deux de bon cœur, vous papouillant en imitant Dame Crado et ses énormes battoirs.

– Bon, trêve de plaisanterie, tu vas faire quoi pour Jules?

– Je t'avoue que je n'en sais vraiment rien. Lui annoncer que je le quitte, comme ça, pendant les vacances, sans aucun moyen de prendre la fuite si ça tourne au vinaigre, je ne trouve pas ça, heu… très correct… enfin, pour les autres, tu vois? Et comment va-t-on faire pour s'éviter comme deux ex normaux?

– Sans compter qu'il risque d'étriper Luc.

– Luc est prêt à assumer, mais je ne veux pas faire souffrir Jules non plus. Je l'ai aimé malgré tout, et j'aimerais qu'on reste bons copains.

– Alors là, tu rêves! Il s'est moins pris la tête que toi le jour où tu es rentrée à l'improviste et que tu les as trouvés les quatre fers en l'air dans le salon. Je ne sais pas comment tu as fait
pour lui pardonner.

– Il faut que je trouve une solution, mais oublions ça pour le moment, je n'ai pas envie de gâcher cette journée.

Quelle est la suite du programme des réjouissances ? Une séance d'épilation totale chez une reine sadomasochiste ?

Claire vous emmène dans un énorme *outlet*, un vrai paradis pour filles. Dix mille mètres carrés de boutiques de marques où tout est vendu à moins trente, moins cinquante, moins soixante-dix pour cent. En fait, ce sont les invendus des années passées, mais comme vous êtes en Italie et que ce ne sont pas les mêmes collections qu'en France, à votre retour ce sera *ni vu ni connu j't'embrouille* et vous pourrez frimer devant vos copines en leur disant : « Oh ça, c'est juste une petite robe *Dolce & Gabbana* que j'ai dénichée à *Firenze*. »

On l'a déjà dit, vous n'aimez pas trop faire les boutiques, mais avec Claire c'est différent, et puis l'amour donne parfois des ailes : *Ce soir, vous serez la plus belle pour aller danser é, é, é !* Eh oui, que voulez-vous, c'est bien connu, l'amour rend joyeux et il faut bien l'avouer, l'être mordu frôle parfois les limites du ridicule… Si, si, même vous !

Qui n'a pas passé des heures à caresser un pull porté par l'élu de son cœur, enfouissant son nez dans ce poil angora pour retrouver son odeur ? Qui n'a pas conservé durant des mois un petit mot griffonné à la hâte sur une serviette en papier lors de son premier rendez-vous à la pizzeria d'en bas ? Qui n'a pas écouté en boucle une chanson mélancolique, reniflant à se mettre le pif en feu en songeant à ce grand amour qui a décidé que voilà, c'est fini, il en aime une autre ?

En pénétrant dans ce temple de la féminité, il paraît évident que ce n'est pas un endroit pour y traîner un homme et surtout pas le vôtre ! Quel que soit l'endroit où vous posez un œil, vous tombez toujours sur une Italienne sublime, perchée sur des talons aiguilles, le corps gainé d'une mini-jupe ras le pompon et d'un chemisier moulant laissant deviner des artifices fraîchement reconstruits. Une armée de bimbos brunes court dans tous les sens et rien ne semble pouvoir les arrêter. Elles causent, elles crient, elles rient, elles gloussent, elles caquètent, elles crétèlent (cri de la poule qui pond son œuf) en faisant de grands gestes avec les mains pour se faire comprendre. Ici, il n'y a pas à dire : être blonde perd vraiment tout son sens !

Il y a tout de même quelques hommes qui se promènent, jouant le rôle du porte-sacs. Vous en repérez un au visage particulièrement ingrat, en âge d'être le père, voire plus, de la jeune femme qu'il accompagne. Pour en avoir le cœur net et gagner ce petit pari fait avec Claire, vous vous amusez à les suivre. En tout cas, ce n'est pas son père, c'est sûr, vu la façon dont elle l'embrasse goulûment à chaque fois qu'il ressort d'un magasin, s'affaissant de plus en plus sous le poids des cadeaux. Ils se dirigent vers le parking, et là, vous avez trois choix : Fiat Punto cabriolet jaune, BMW noire ou Grancabrio Maserati décapotable. Trop facile ce petit jeu : la Punto sûrement pas...

Vous les voyez s'engouffrer dans la jolie Maserati. OK, Claire, tu avais raison, ça marche toujours le côté : « Il a la voiture, il aura la fille... »

Allez, ce n'est pas le tout, mais même si vous ne possédez pas tous ces atouts, vous avez néanmoins un homme à qui vous avez envie de faire chavirer le cœur et pour cela, il vous faut trouver quelques accessoires. Ce qu'il y a de bien avec Claire, c'est qu'elle sait toujours en un clin d'œil ce qui va vous aller. Elle a le don de trouver le petit détail qui tue et qui fait que l'instant d'avant, vous ressembliez à un sac sur portemanteau sorti d'un bac à fripes, et l'instant d'après, à une pin-up descendant Hollywood Boulevard.

Vous vous offrez quelques petites robes ultra-féminines avec les chaussures à talons assorties, un petit pull gris-bleu tout doux en mohair, un ensemble veste et pantacourt bien ajusté avec une petite coquetterie rouge brodée à la boutonnière et les indispensables bottes pour aller avec. Enfin, vous craquez pour un manteau multicolore fait de pièces disparates avec de gros boutons en strass et un col en fausse fourrure qui lui donne une allure folle.

Ces dernières années, vous aviez plutôt adopté le style *Jeans pilou*, le changement est donc des plus saisissants.

— Il te faut des sous-vêtements, maintenant!

— Non, c'est bon, là j'ai mon compte!

Vous ne vous sentez plus la force de défiler en nuisette et bas résille et votre banquier, aussi gentil soit-il, risque de ne plus vous adresser la parole à votre retour (non pas, qu'il n'aime pas les bas, bien au contraire !).

— Allez, encore un petit effort! Je te les offre! Je ne vais tout de même pas te laisser gâcher une première nuit avec des dessous qui repousseraient le plus frétillant des lapins...

Vous jouez donc à *Pretty Woman* en slip et une fois Claire satisfaite, vous vous offrez une dernière petite pause thé et croûtes à thé, histoire de recharger vos batteries avant de rentrer.

5

Ma mie, de grâce, ne mettons
Pas sous la gorge à Cupidon
Sa propre flèche…

De retour à la *Metina*, vous constatez avec plaisir que les autres ont dressé une jolie table pour votre anniversaire avec de gros ballons gonflés à l'hélium en forme de cœur et une énorme banderole avec l'inscription : On t'aime, Léa, joyeux anniversaire !

– Heu, qui dois-je remercier ?

Vous enfilez une de vos nouvelles tenues et des talons aiguilles. Ça vous donne la même démarche qu'un éléphant sur des échasses et vous entendez vos petits petons hurler, au bord de l'asphyxie. Vous, qui connaissez la vraie Cendrillon, savez pertinemment qu'elle n'a jamais perdu son escarpin en s'enfuyant. C'était juste une jeune femme très prévoyante qui avait glissé dans son sac une paire de baskets confortables pour rentrer après la boîte. Comme toutes les filles que l'amour étourdit, elle a simplement oublié une chaussure après elle.

Elle n'y pensait même plus avec le nombre de paires qu'elle a dans son dressing… Jusqu'à l'arrivée de ce type, qui voulait absolument épouser celle qui avait un goût aussi exquis en matière de pompes. La suite est vraie, vous la connaissez…

Vous rejoignez Luc au bord de la piscine. Il vous tend un petit paquet-cadeau que vous déballez avec précaution.

— Tu sais, c'est trois fois rien, j'aurais préféré t'offrir autre chose, mais…

C'est une boule ! Vous savez, ces petites boules à neige qu'on secoue. Sauf qu'à l'intérieur, ce sont des étoiles et le Petit Prince. Il y a une inscription gravée dessous : En souvenir d'une nuit étoilée. Une petite carte, avec un passage de l'œuvre de Saint-Exupéry, l'accompagne : « Quand tu regarderas le ciel, la nuit, puisque j'habiterai dans l'une d'elles, puisque je rirai dans l'une d'elles, alors ce sera pour toi comme si riaient toutes les étoiles. »

Wahou ! Non pas que vous soyez une grande chionosphérophile (collectionneuse de boules), mais celle-ci, ce n'est pas n'importe quelle boule ! C'est sa boule, votre boule. Vous l'embrassez tendrement pour le remercier. Enfin, vite fait pour que personne ne puisse vous voir…

Les autres vous rejoignent et la soirée peut commencer. Tout le monde est heureux et détendu et Jules se montre tellement affectueux à votre égard que c'en devient gênant. Il vous prend la main, vous embrasse, et ne cesse de vous dire à quel point vous êtes belle ce soir. Vous le repoussez tant bien que mal et changez de place toutes les cinq minutes sous l'œil de plus en plus agacé de Luc.

— Au fait, quelqu'un sait pourquoi Clarence et Pierre-Mathieu sont partis précipitamment ce matin ? Je n'ai même pas eu le temps de leur dire au revoir ! lance Claire.

Personne ne répond.

— Inge, tu ne sais rien, toi non plus ?

Vous avez essayé de vous taire, mais c'est sorti tout seul.

— None, pourquoi jé saurais quelqué chose ?

– Oh, pour rien, quand je me suis réveillée cette nuit, tu n'étais pas dans ton lit. Je me suis dit que tu avais peut-être vu quelque chose !

– None rien.

Elle rougit presque imperceptiblement. Vous, vous le voyez parce que vous savez. Mais elle est forte, y a pas à dire !

– Toi none plus, tou n'étais pas dans ton lit quand jé souis revenue.

– Heu… Verre d'eau… toilettes… je ne sais plus.

Vous aimeriez rentrer sous terre. Oui, elle est vraiment très forte !

– Et si on reprenait un petit verre à la santé de Léa ?

– Merci, Claire chérie, ce n'est pas de refus !

Tandis que les garçons s'occupent de préparer le barbecue, vous dévoilez à Claire le véritable jour de cette sainte-nitouche.

– Et bien, quelle gar…lope ! Je me disais bien que cette fille avait des choses à se reprocher ! Pauvre Clarence ! Elle m'avait confié que Pierre-Mathieu n'en était pas à sa première infidélité, . Soyons très vigilantes. A priori, rien ne l'arrête.

Vous gardez un œil sur cette homocultrice qui est justement en train de tourner autour de votre pot de miel. Le repas est délicieux et la conversation animée. Avec Claire, vous vous remémorez de vieux souvenirs.

– Tu te souviens de cette soirée à la Baule ? Celle où on avait avalé tellement de petits verres au Bidule qu'on est rentrées se coucher dans la tente du voisin. Je trouvais que t'étais drôlement musclée, aussi ! La tête de sa mère quand elle est venue réveiller son fils le lendemain matin et qu'elle nous a chassées à coup de balai. Le pauvre, ce qu'il a dû prendre !

– Oui, et celle où on est arrivées en retard à la séance de cinéma ? C'était pour *9 semaines et demie*. Le bond qu'a fait le type lorsque tu t'es assise sur lui !

Oui, c'est le genre d'histoires qui ne font rire que celles qui les ont vécues… Mais c'était le bon temps, quand même.

Jules et Hugues arrivent avec un énorme gâteau rempli de bougies. Tout le monde entonne en chœur : « Joyeux anniversaire, joyeux anniversaire, joyeux anniversaire, Léa, joyeux anniversaire ! » Vous soufflez sur les bougies d'un coup sec.

Vous faites un vœu en regardant Luc droit dans les yeux. Votre premier anniversaire avec votre nouveau jules… ça compte !

– Tiens, c'est ton cadeau ! Jules montre fièrement du doigt un petit paquet au sommet du gâteau.

Vous l'attrapez délicatement pour ne pas vous mettre de glaçage au chocolat sur les doigts et regardez cette boîte, un peu gênée. Ce n'est pas très honnête d'accepter un cadeau de son futur-ex. Bah, il vous doit bien ça !

– Alors, tu ne l'ouvres pas ?

Vous défaites délicatement le nœud et ôtez le papier. C'est une toute petite boîte. Jules se met à genoux pendant que vous l'ouvrez.

– Je sais que j'ai beaucoup de choses à me faire pardonner…

C'est une bague ! La bague Multilove, ça ne s'invente pas ! Un gros anneau en argent sur lequel est gravé « je t'aime » en plusieurs langues. Vous retenez votre souffle et regardez Jules.

– Non… c'est trop… je ne peux pas accepter !

– Rien n'est trop beau pour celle que j'aimerais voir devenir ma femme. Léa, veux-tu m'épouser ?

Il vous prend la main pour vous passer la bague au doigt. Vous avez l'impression d'entendre la marche nuptiale de Wagner : pom, pom, pom pom, pom pom pom pom ! Si quelqu'un dans l'assemblée a quelque chose à dire, qu'il le dise maintenant ou se taise à jamais… Luc se lève d'un bond, puis se rassied tout aussi soudainement. La couleur pour décrire la teinte de votre grain de peau du moment n'existe même pas.

Entre un blanc virginal et un rouge carmin voire purpurin. Pendant des années, vous auriez rêvé qu'il fasse défiler une banderole dans le ciel avec un « Je t'aime, veux-tu m'épouser ? », qu'il fasse sa demande au micro dans un stade de foot devant des millions de téléspectateurs, ou qu'il vous dise juste « tiens, ce serait cool si on se mariait ? ».

Mais pourquoi vous fait-il ça, aujourd'hui, devant tous vos amis et devant Luc ? Vous osez à peine lever les yeux. Luc est écarlate, Claire est livide.

– Heu, c'est très gentil… mais il faut qu'on en parle, que je réfléchisse… je ne peux pas prendre cette décision comme ça, sur un coup de tête …

– Mais ça fait 5 ans, Léa ! Tu as dû avoir le temps d'y penser quand même !

La déception se lit sur son visage. Quant aux autres, ils regardent les mouches voler.

– Ben justement ! Peut-être que ça fait trop longtemps. Quelquefois, il arrive, qu'à trop réfléchir, on ait du mal à prendre une décision…

Jules s'en va, furieux.

– Attends, il faut qu'on en parle !

Vous tentez de le rattraper, mais il vous repousse d'un geste agacé.

– J'ai besoin d'être seul, laisse-moi !

Vous rejoignez donc vos convives.

– Qui veut du gâteau ? demande Hugues en vous servant une énorme part.

Vous préférez avaler un grand verre, cul sec. Puis un autre.

Vous recevez un texto de votre mère :

« Très joyeux anniversaire ma grande. En espérant que ce jour reste inoubliable pour toi. Maman qui t'aime. »

Inoubliable, c'est le mot ! Flûte, il a dû la mettre dans la confidence … Votre maman adore votre jules. C'est vrai qu'en surface, il a tout du gendre idéal : beau, riche, bien élevé, bon job, pas de tatouage ni piercing, pas de femme ni enfant caché (enfin, presque, mais votre mère n'est pas au courant de tout !)… Mais ce n'est pas une raison pour l'épouser !

Vous répondez d'un laconique : merci mam biz.

Vous lui expliquerez plus tard.

Vous sentez que Luc essaie de s'approcher pour éclaircir certains points, mais les autres rivalisent d'ingéniosité, à grands coups de blagues vaseuses et autres singeries pour détendre l'atmosphère, comme tous les gens qui en font un peu trop pour masquer leur gêne.

Lasse, vous reposez la boîte sur les restes de la forêt-noire et rentrez vous coucher. Vous avez besoin de réfléchir un peu au calme. Vous essayez de vous repasser le film des moments heureux avec Jules. Un court-métrage ! Au début, vous avez été conquise par ce séducteur-né, très sûr de lui, qui vous offrait un avenir en or sur un plateau d'argent. Puis les choses ont commencé à se dégrader lorsque vous avez emménagé ensemble. Les copains, les disputes, l'autre fille…

Est-ce que vous hésitez ? Non ! Au fond de votre petit cœur d'artichaut, vous savez que vous prenez la bonne décision. Mais quand même, il vient de vous demander de devenir sa femme et d'avoir un jour des bébés Jules.

Votre décision est prise et vous ne reviendrez pas là-dessus. Vous parlerez à Jules dès demain. Et Luc, le pauvre ! Cette annonce a dû lui faire un choc. Au moins autant qu'à vous.

Vous lui envoyez un petit message : rejoin moi 2or qd tt le mond dor

Vous bouquinez en attendant patiemment que toutes les lumières s'éteignent, que toutes les dents cessent de grincer, puis vous vous glissez doucement hors du lit.

La nuit est un peu fraîche et vous frissonnez. Vous auriez dû prendre une petite laine.

— Qu'est-ce que tu as à me dire?

Vous sursautez. C'est Jules!

— Mais qu'est-ce que tu fais là?

— Eh bien, c'est toi qui m'as demandé de te retrouver dehors!

LA boulette! Ça devait arriver un jour avec cette merveille de technologie que vous avez du mal à maîtriser. Vous vous êtes trompée de destinataire. Jules, Luc… Ils sont l'un en dessous de l'autre dans votre répertoire.

— Hum… oui, bien sûr…

— Alors, tu as réfléchi à ma proposition? J'avoue que je m'attendais à te voir un peu plus enthousiaste. Je croyais que toutes les femmes rêvaient de ça.

— Tu m'as prise au dépourvu…

Vous cogitez à cent à l'heure, mais pas assez vite pour trouver une réponse intelligente et adaptée à un cas comme celui-là. Vous devez lui parler, vous devez lui dire, c'est le moment.

— Tu te souviens de Véronique?

— Oh, non! Tu ne vas pas remettre cette vieille histoire sur le tapis? Je me suis déjà excusé cent fois! Tu sais très bien que c'était une histoire sans importance, un petit moment de faiblesse, c'est tout.

— Non… j'ai une Véronique dans ma vie!

— QUOI? Tu couches avec Véronique?

— Mais non, je veux dire qu'il y a quelqu'un d'autre.

Non, il ne le connaît pas! Depuis quand ça dure? Heu… six mois. Non, il ne pourra pas lui casser la figure!

— C'est qui? J'ai le droit de savoir!

— Quelle importance? Je ne te le dirai pas, de toute façon.

Vous vous attendez à ce qu'il se mette hors de lui, qu'il vous traite de tous les noms pas gentils, qu'il vous dise de prendre vos cliques et une claque, mais non… Il s'écroule à vos pieds et se met doucement à pleurer. Vous êtes désarmée.

Vous lui caressez doucement la tête.

– Ça va aller, tu verras. Et puis, tu dois bien reconnaître que notre couple est loin d'être parfait.

– Sans doute, mais moi, je les aime nos petites disputes…

– Tu trouveras quelqu'un de bien, j'en suis sûre.

– Mais je ne veux pas de quelqu'un d'autre! Je te pardonne, Léa.

Non, non et non! Ça ne peut pas se passer comme ça. Il n'a pas le droit de vous pardonner et de tout effacer. C'est trop facile. Vous ne voulez pas tout recommencer. Mais que voulez-vous répondre à ça?

– Il faut qu'on réfléchisse chacun de notre côté. Allons nous coucher, demain il fera jour…

Jules vous tend la petite boîte qu'il a récupérée sur le gâteau et vous dépose un baiser sur le front.

– Réfléchis bien!

Vous regagnez votre lit. Vous vous sentez fébrile et courbatue comme si vous veniez de courir un quatre fois cent mètres doublé d'un marathon, mais ne parvenez pas à trouver le sommeil. Vous comptez les Jules et les Luc et finissez par sombrer.

Il est presque midi lorsque vous posez un pied à terre. La bande se prépare pour un après-midi de farniente à Castiglione del Lago au bord du lac Trasimeno. Ça ne vous dit rien. Si c'est pour vous baigner dans un lac bondé et plein de vase, autant rester au bord de la piscine.

Retranchée derrière vos lunettes de soleil, vous évitez le regard insistant de Jules et traînez votre serviette et votre MP3 jusqu'à un transat où vous vous laissez choir.

— À ce soir! Reposez-vous bien!

Claire vous lance un petit clin d'œil. Luc non plus n'était pas tenté par la balade, un léger mal de tête… Il est installé sur une chaise longue à l'opposé de la vôtre et fait semblant d'être absorbé par un roman captivant, tout du moins vous l'imaginez.

— Oui, vous aussi, profitez-en bien!

Le calme vous fait du bien. On n'entend plus aucun bruit, mis à part celui de la brise légère qui se mélange aux branches des arbres, les grillons qui chantonnent, ainsi qu'un léger ploc ploc qui provient du conduit d'évacuation de la piscine.

Monica passe vous saluer. C'est jeudi, le seul jour où elle s'octroie un peu de liberté avant d'attaquer les préparatifs pour accueillir une nouvelle vague de touristes.

— Je vous laisse la maison, je vais faire quelques courses en ville. Bonne journée!

— Bonne journée, Monica! répondez-vous en chœur.

Vous êtes seuls. Il fait chaud. Vous suez à grosses gouttes. Luc reste de l'autre côté, imperturbable.

— Ça va?

— Hum hum.

Il ne lève même pas le nez de son bouquin.

— Tu es sûr? Est-ce qu'on a fait quelque chose?

Il pose son livre d'un air rageur. Là, c'est clair, vous avez fait quelque chose qu'il ne fallait pas!

— ON t'a demandée en mariage, ON n'a pas dit non, ON n'a toujours pas l'air d'avoir parlé à Jules de nous deux!

— Mais si, je te jure, je lui ai en quelque sorte raconté, mais j'ai été prise de court…

— Donc il sait?

– Oui il sait, mais pas pour nous !

– Ben, pour qui alors ?

– Ben, pour moi et… heu... Je n'ai pas eu le courage de lui dire toute la vérité. J'avais peur qu'il ne s'en prenne à toi.

Vous fondez en larmes sans trop vous forcer. C'est vraiment trop compliqué la vie.

– Allez, ça va aller !

Luc vous entoure de ses grands bras. Pfiou, vous vous en sortez bien sur ce coup-là.

– Et Jules, que t'a-t-il dit ?

Vous sursautez.

– Qu'il me pardonne, répondez-vous très vite et très bas.

Vous glissez un de vos écouteurs dans le creux de son oreille et vous laissez porter par la mélodie de Jean-Louis Murat que vous écoutez en boucle en ce moment.

Abruti de lumière,
Comme pris au lasso,
Je me laisse défaire
De tous mes oripeaux.
Tes gestes d'orfèvre,
Ta vie de femelle,
Je te jure que je m'en fous...
Le plaisir vorace
Dans l'impasse...
Et alors ?

Vous baisez tendrement sa bouche, sa joue, son cou. Il vous chuchote qu'il a envie de vous. Vous fermez les yeux. Il vous entraîne vers la piscine. Vous vous laissez faire sans rien dire. Vous sentez le grain de votre épiderme se resserrer au contact de l'eau. Il a la chair de poule au contact de votre peau. Vous aimez la douceur de son torse lorsqu'il défait l'agrafe de votre haut de maillot. Il aime votre hésitation, votre souffle court et chaud. Ses baisers se font plus mordants, ses gestes plus pressants. Vous appréciez la chaleur du désir vous submergeant, le contraste avec la fraîcheur de ses cheveux ruisselants. Il vous entraîne dans des jeux d'amoureux. Vous goûtez au plaisir de cet instant qui n'appartient qu'à vous deux. Vous vous délectez de ce parfum de fruit défendu, ce parfum de fruit inconnu. Vous envisagez un instant de l'arrêter lorsque vous sentez votre corps mis à nu et...

— Heu, tu as des préservatifs ?

— Non !

— Attends, je dois en avoir un qui traîne quelque part !

Où en étiez-vous déjà...

Vous êtes tendue. Il se relâche, il vous attend, il vous surprend. Ses mains reprennent le chemin qui vous ramène au présent, celui qui attise les sentiments jusqu'à ce qu'ils deviennent brûlants. Vous flottez littéralement. Il repousse l'apesanteur. Il vous donne le tournis des amants. Vos jambes s'emmêlent, vos lèvres s'entremêlent. Vous entendez le bruit du papier qui se déchire. Il vous dit quelque chose qui vous fait rire. Son étreinte se resserre, vous ne touchez plus terre. Il vous montre toute son ardeur. Vous vous sentez défaillir de bonheur. C'est là que vous avez compris que vous ne connaissiez pas grand-chose à la vie... jusqu'à aujourd'hui.

— Wahou, on ne m'avait jamais... enfin, je n'avais jamais ressenti ça ! est la seule chose qui vous vienne à l'esprit.

Vous restez un moment suspendus et savourez simplement l'instant. L'eau vous renvoie le reflet de votre visage cerné, les yeux bordés de reconnaissance.

Gling, gling. Vous entendez la lourde grille du portail claquer et la cloche carillonner. Mon Dieu, vous n'êtes pas seuls !

Vous sortez de l'eau précipitamment, plongez sur votre transat, enfilez vos lunettes noires et faites semblant de lire, l'air dégagé, comme si de rien n'était.

– Tiens, mets au moins ça ! Luc rigole en vous tendant les deux pièces de votre maillot de bain.

– Et c'est tout l'effet que ça te fait !

Vous entendez une voiture démarrer et s'éloigner. Il y avait donc bien quelqu'un à la *Metina*. Luc s'assied à vos côtés et essaie de vous rassurer en vous disant que ce n'est personne... sûrement Monica revenue chercher un portefeuille oublié. Mais vous, vous êtes drôlement contrariée. Avec tous les efforts que vous faites pour protéger tout le monde, vous allez vous faire pincer bêtement, tout ça parce que Monsieur ne sait pas contenir ses pulsions animales. Vous repoussez Luc qui trouve toujours ça aussi drôle et l'envoyez promener sur sa chaise longue.

– Au moins, ça aura le mérite de clarifier certains points. Je n'ai aucune envie de jouer à cache-cache toute ma vie.

Mais qui cela pouvait-il bien être ? Votre esprit construit tous les scénarios possibles et imaginables. En tout cas, ça ne peut pas être Jules. À moins qu'il ne soit reparti chercher un fusil !

Vous tripotez nerveusement l'emballage déchiré de la preuve de vos ébats et poussez un cri d'horreur. 2009 ! 18 août 2009. C'est un préservatif dont la date de péremption est dépassée depuis des années ! Vous tapotez frénétiquement sur le Google de votre téléphone « capote + usagé ». Non ! « préservatif + périmé ». Vous tombez sur un forum de discussion et visiblement, vous n'êtes pas la seule à qui c'est arrivé. Ah tiens, une réponse :

« N'utilisez pas de préservatifs dont la date limite est dépassée. Celui-ci peut devenir poreux et entraîner une grossesse non désirée. Si vous n'utilisez aucun autre moyen de contraception, demandez d'urgence la pilule du lendemain en vente dans toutes les pharmacies. » D'autres semblent indiquer que le seul risque est qu'il devienne moins résistant, mais vous n'êtes tout de même pas tranquille.

Mais comment avez-vous pu être aussi gourde ? Et si vous tombiez enceinte de Luc juste après cette première fois ? Comment allez-vous expliquer ça à Jules ? Vous ne prenez pas la pilule. Comme toutes les femmes, vous êtes secrètement amoureuse de votre gynécologue. Oui, pour certaines, c'est leur psy. Donc, lors de vos petits rendez-vous avec gynéco chéri, vous jouez la fille célibataire, libre comme l'air … Pas vierge parce qu'on ne la lui fait pas, mais vous n'avez jamais eu le cœur de lui avouer que vous aviez des relations intimes avec un autre homme et encore moins de lui demander de vous prescrire un quelconque contraceptif.

Vous vous habillez à la hâte et attrapez votre sac.

– J'ai une course à faire, n'en ai pas pour longtemps ! Vous filez comme l'éclair.

– Mais…

Vous arrivez à bout de souffle à la pharmacie et vous agrippez au comptoir.

– Vous parlez français ?

– No.

Ça commence bien. Vous tendez à la dame le petit bout d'emballage déchiré. Elle vous tend en échange plusieurs boîtes de préservatifs pour que vous fassiez votre choix entre différents parfums et différents modèles.

– Non, ce n'est pas ça !

Vous cambrez le dos et mimez un ventre qui s'arrondit faisant « non, non », avec vos petits doigts en prenant un air grognon.

– OK.

Elle vous tend un test de grossesse.

– Non !

À court d'idées, vous mimez l'acte reproducteur en disant « no baby, no baby ! » À ce stade, les clients de la pharmacie s'amusent beaucoup et tentent leur chance pour deviner ce qui a bien pu vous mettre dans cet état. Vous n'allez tout de même pas être obligée de contacter l'ambassade de France pour réclamer un interprète pour une histoire de capote périmée.

— La signora vorrebbe la pillola dell'indomani.

Vous ne savez pas qui a dit ça, mais vous lui devez une fière chandelle. La pharmacienne rigole et part chercher l'objet tant convoité dans l'arrière-boutique. Vous vous retournez pour remercier votre sauveuse comme il se doit. C'est Inge ! Vous faites un bond en arrière.

— Ce n'est pas pour moi !

— Houm houm, cé n'ête pas grave Léa…

— Enfin, ce n'est pas ce que tu crois ! Vous avez beau rentrer complètement votre tête dans votre sac, vous n'arrivez pas à trouver ce satané porte-monnaie.

— La dame té demande quand cét arrivé.

— Heu… il y a quelques minutes.

— La dame té dite qué cé possible dé prendre cé comprimé dans lé soixante-douze heures suivant lé accident et dé faire plus attentione la prochaine fois.

— Oui, c'est bon, ça ira !

Finalement, ses seins ne sont pas si gros. Enfin, ce n'est rien à côté de la regarder droit dans les yeux.

Vous arrachez presque la boîte des mains de la dame et sortez en vitesse suivie d'Inge.

— Tu veux prendre une cafete ?

Après tout, rendue là, qu'est-ce que vous risquez de plus ?

Vous vous installez au bar et commandez un grand verre d'eau gazeuse pour avaler la pilule.

— Pourquoi n'es-tu pas avec les autres ?

– J'avais dé affaires à régler.

– Ah oui ?

– Je né dirai rien tou sais pour toi et Louc ! Jé comprends mieux pouquoi tou né voulais pas m'aider !

– Comment sais-tu que c'est Luc ? C'est toi qui nous a vus ?

– None, tou portes sa chemise, c'est tout !

Flûte, dans la précipitation, vous avez enfilé ce qui vous tombait sous la main.

– Tou l'aimes ?

– Oui… et toi ?

Vous vous mordez la langue très fort pour ne pas lui parler de Pierre-Mathieu. Mieux vaut être la copine de ce genre de femme plutôt que son ennemie.

– Quoi ?

– Tu n'es pas trop déçue pour Luc ?

– None, cé comme ça pour lé momente… C'est lé jeu !

Pourquoi dit-elle ça ? Pfffff, vous vous en fichez de toute façon. Luc vous aime, vous aimez Luc, c'est la seule chose qui compte.

– Bon, promis, je peux compter sur toi pour tenir ta langue ?

Promis-juré-craché ! Vous scellez votre pacte d'une tape dans la main en espérant que celle qu'elle garde dans son dos n'est pas en train de vous embobiner en croisant les doigts.

Hé ! Ce n'est pas au vieux singe qu'on apprend à faire la grimace.

– Allez, on rentre ?

– None, vas-y seule, j'ai encore quelqu'une à voir…

À vrai dire, ça vous soulage de ne pas vous la coltiner pendant le reste de l'après-midi. Ce n'est pas parce qu'elle connaît votre petit secret que vous allez devenir les meilleures amies du monde.

Vous rentrez à la *Metina* et trouvez Luc endormi, là où vous l'aviez laissé. Vous le réveillez doucement en l'embrassant. Il vous sourit et vous rend vos baisers. Vous voyez où il veut en venir. Non, non et non ! Vous en avez assez fait pour aujourd'hui...

– Dommage ! Allez, viens, je t'ai préparé une petite surprise !

– Ben là, tu sais, les surprises, j'en ai ma dose.

– Celle-ci va beaucoup te plaire.

Il vous conduit jusqu'à une sorte de ranch en plein milieu des bois. Deux grands et magnifiques chevaux alezans vous y attendent. Les oreilles tendues vers l'avant et les naseaux écartés, ils semblent un rien énervés et viennent renifler votre cou.

– Voulez-vous qu'on les selle ? Ou préférez-vous monter à cru ?

Quoi ! Ils ne veulent quand même pas nous faire monter sur ces énormes trucs ?

– J'espère que ça te plaît ! Comme je sais que c'est ta passion depuis que tu es toute petite... Bon, il faudra être indulgent avec moi, je ne sais pas monter.

Mais pourquoi avez-vous été lui raconter ça ? Oui, c'est une passion d'enfant. Comme toutes les petites filles de huit ans qui rêvent de chevaucher Poly ou Petit Tonnerre et de posséder un poney qui devienne leur ami. Mais grimper sur ces tas de muscles qui montrent leurs grandes dents et hennissent en vous regardant, ça vous fait froid dans le dos.

Votre expérience en la matière se résume à quelques séances à tourner en rond après la queue de l'autre poney qui vous précédait dans le manège. Votre passion dévorante s'est arrêtée net à huit ans et demi lorsque vous avez découvert qu'une fois sorties du cercle, ces petites bêtes n'étaient pas aussi douces et dociles que vous l'imaginiez.

Vous enfilez néanmoins le jodhpur, les bottes et la bombe que la dame vous prête gentiment. Vous avez fière allure, c'est déjà ça.

– Prenez plutôt celui-ci si vous êtes bonne cavalière, il est un peu nerveux.

– Heu, tu crois que c'est vraiment une bonne idée ? Tu sais, si tu n'es jamais monté là-dessus, ça peut être un peu impressionnant ! dites-vous à Luc, pleine d'espoir.

– Ne t'inquiète pas, j'ai envie de te faire plaisir. Si on y va doucement, je devrais réussir à te suivre.

– Bon, allons-y !

Vous n'allez pas vous laisser démonter par une bête. Qui est-ce qui commande ? Vous placez votre pied dans l'étrier et tâchez de vous hisser sur son dos à la force des bras. HAAaaa !

Vous retombez de l'autre côté.

– Tu ne t'es pas fait mal ? Luc se précipite pour vous relever.

La dame du centre se marre.

– Vous voulez un marchepied ?

– Grmmm ! Non, ce n'est rien ! Je suis juste un peu rouillée.

– Léa, si tu ne sais pas en faire, on n'est pas obligés, c'était juste une idée.

Comme vous êtes bien trop fière pour l'avouer…

– Non, c'est comme le vélo, ça ne s'oublie pas ! Il faut juste que je reprenne mes marques.

À la deuxième tentative, vous prenez appui sur votre jambe et sautez sur le dos de l'animal qui, sentant le coup de votre talon droit atterrir sur son flanc un peu sèchement, démarre au quart de tour et se met à trottiner allègrement.

Luc vous rattrape.

– Par où va-t-on ?

– Heu, tout drooooit !

Vous avez déjà assez de mal à tenir assise sans chavirer, serrant les cuisses et vous agrippant le plus fermement possible au pommeau de ce harnachement, et vous n'avez aucune envie d'essayer de faire fonctionner les clignotants. Vous vous calez progressivement sur le rythme du cheval et vissez votre postérieur sur la selle qui prend un malin plaisir à vous tanner le cuir. Vous vous souvenez maintenant de cette drôle de démarche qui vous faisait ressembler à un canard les jours suivants, ainsi que des petits coussins que vous étiez obligée de disposer un peu partout pour soulager vos fessiers endoloris.

— Alors, on n'est pas bien, là, tous les deux ?

— Siiiiii !

Votre monture s'est arrêtée pour brouter. Voulant reprendre les rênes pour le faire avancer, vous tirez par mégarde sur la crinière du cheval qui n'a pas l'air très content et s'élance à plein galop.

— Au secoouuurs !

Vous vous aplatissez contre lui, agrippant son cou, ce qui a l'air de l'horripiler au plus haut point. Il se cabre et vous jette par-dessus bord comme une malpropre, le plus loin possible de son champ de vision.

— Ça va ? Comment j'arrête mon cheval ? vous crie Luc, inquiet.

— Je ne sais pas, freine des quatre fers !

Vous êtes accroupie dans l'herbe. Vous essayez de vous relever, mais sentez comme une décharge en prenant appui sur votre main. Vous laissez échapper un cri de douleur.

Luc accourt. Il a réussi à sauter en marche et vous examine sous toutes les coutures. Toi vouloir jouer au docteur avec moi ? Vous rigolez, mais votre poignet vous fait un mal de chien. Vous rentrez à pied jusqu'à l'écurie où les deux chevaux vous attendent au comptoir, les pattes croisées, en se fendant la poire. Enfin, c'est l'impression qu'ils donnent.

Les propriétaires sont rassurés de vous voir arriver sur vos deux jambes.

Ils insistent pour que vous vous fassiez examiner par précaution. Bien que vous vous en sortiez avec seulement quelques bleus et une simple foulure, vous avez tout de même droit à une attelle. C'est si bon de se faire dorloter par Luc que vous ne regrettez pas cette escapade. Vous lui faites néanmoins jurer d'oublier à l'avenir toutes les autres lubies de gamine dont vous avez pu lui parler. Vos rêves de petite fille resteront des rêves de petite fille et c'est très bien comme ça. Sauf celui du prince charmant parce que là, vous tenez une bonne piste.

Après être tranquillement rentrés à la *Metina*, vous vous servez un verre en guise d'antalgique. Vous discutez et flirtez gentiment tout en ponctuant vos phrases de regards appuyés et de gloussements étouffés. Vous savez, ce rire caractéristique qu'ont tous les amoureux lorsque la relation est balbutiante. Lorsqu'on ne sait pas encore que derrière le joli morceau de lard rôti croustillant qu'on a sous le nez peut se cacher un petit cochon qui ira fouiner dans n'importe quel tas d'immondices à la recherche d'une nouvelle truffe plus belle. Mais bon, ce n'est pas toujours le cas. Pas dans votre conte de fées, en tout cas.

En parlant de conte, ça vous fait penser que vous n'avez toujours pas écrit une ligne de votre futur roman. Bah, on verra ça plus tard. Pour le moment, vous êtes trop heureuse. Et c'est bien connu, les écrivains heureux n'écrivent pas.

Les autres rentrent de leur excursion et poussent un cri en vous voyant dans cet état.

— Ce n'est rien, j'ai glissé en marchant au bord de la piscine et j'ai heurté la rampe… Heureusement que Luc était là !

Et tout ça sans bafouiller ni sourciller ni devenir pivoine. Finalement, vous mentez assez bien. Comme quoi, tout s'apprend. Vous évitez simplement le regard noir du cher être concerné.

– Mon Dieu, Léa, j'espère que tu n'as pas trop mal ! Merci Luc, merci beaucoup d'avoir pris soin d'elle !

Jules a vraiment l'air sincère. Tiens, justement, on a une super surprise pour toi !

Ça commence à devenir une manie !

Hugues et Fred dissimulent quelque chose derrière eux. Ça a l'air gros…

– Allez, ferme les yeux !

Luc s'exécute un rien inquiet et vous, vous retenez votre respiration. Vous sentez un mauvais coup venir sans trop savoir ce qui vous attend. Sûrement votre côté extralucide qui se réveille ou les yeux de Claire qui vous regardent fixement.

– Surrrrrpppppprrrrrriiiiiiiiise !

Lorsque vos amis soulèvent la cape, Luc ouvre grand les yeux. Puis plus grand, puis encore plus grand. Une furie se jette sur lui et lui saute dans les bras. Je ne sais pas lequel de vous deux a l'air le plus ahuri ou le plus anéanti.

– Alors, tu n'es pas content de me voir ?

C'est Laure, son ex !

À cet instant, vous n'avez pas l'impression qu'un cheval vient de vous fouler le poignet, mais qu'un troupeau de rhinocéros vient de vous passer sur le corps et passe et repasse encore. Vous n'avez qu'une envie, fondre en larmes et vous jeter dans ses bras. Mais la place est déjà prise.

Luc repousse enfin sa sangsue.

– Mais qu'est-ce que tu fais là ?

– Je regrette ce que j'ai fait. Tu me manquais trop. C'était une petite et regrettable erreur de parcours qui ne se reproduira plus. Je reviens, voilà, c'est tout. Je n'ai pas pu attendre ton retour pour te l'annoncer. Je ne voulais pas te voir malheureux plus longtemps. C'est pas une bonne surprise, ça ?

– Non… Enfin, oui, ça me fait plaisir de te voir, mais c'est une surprise de taille. Je ne pensais pas que tu changerais d'avis. C'est que… les choses ont changé.

– Bon, on va peut-être laisser les tourtereaux se retrouver, lance Fred, l'air réjoui.

– NON ! est sorti tout seul de votre bouche. Enfin, on peut boire un verre tous ensemble pour accuser… pour marquer le coup, je veux dire !

– Ah ! bonjour Léa ! Je ne t'avais pas vue. Elle vous embrasse comme du pain et du beurre. Beurk ! Mais qu'est-ce qui t'est arrivé au bras ?

– Oh, c'est rien, chute de cheval…

– Je croyais que tu avais glissé dans la piscine ? vous demande Jules l'air suspicieux.

– Oui… mais je faisais le cheval au galop au bord de la piscine et j'ai bêtement glissé.

De mieux en mieux, rien ne vous arrête !

– Alors, on le boit, ce verre ? demande Claire.

À ce stade, ce n'est pas un verre, ni deux ni trois qu'il vous faudra, mais tout un tonneau.

La soirée se poursuit joyeusement, sauf pour vous qui lancez à Luc des regards tour à tour inquiets, interrogatifs, anxieux, troublés, angoissés, tourmentés, courroucés. Vous aimeriez l'approcher, le toucher, vous rassurer, accepter sa première proposition et déguerpir en courant, mais la truie est là, aux aguets, et veille sur son petit. Jules aussi est là, aux petits soins pour vous : « Tu reprendras bien un peu de ci, tu ne veux pas un peu de ça, repose-toi sur moi, ce sera mieux pour ton bras ». Et vous, vous avez juste envie de hurler.

– Fiche-moi la paix à la fin !

— Mais qu'est-ce qui te prend ? J'essaie juste d'être gentil !

— Je sais très bien pourquoi tu fais ça.

— C'est la douleur, c'est ça ?

Vous lâchez les seaux de larmes que vous contenez depuis tout à l'heure. Jules vous prend dans ses bras.

— Ça ira mieux demain, ma puce.

— Tu ne peux pas comprendre… nifff, c'est horrible ce que je souffre, nifff !

— Si, je sais ce que c'est, j'ai déjà eu de multiples fractures. Ça va passer. La douleur va s'estomper petit à petit.

Avec le recul, vous aurez honte, c'est sûr. Mais, pour l'instant, votre petit cœur saigne tellement que vous avez juste besoin d'une épaule solide et réconfortante sur laquelle vous épancher.

Vous jetez un coup d'œil à celui qui vous poignarde, à travers le rideau de pluie qui coule sur vos cils. Il vous regarde, impuissant, sans bouger, alors que vous auriez voulu qu'il coure vers vous, qu'il vous dise que ce n'est qu'un cauchemar, qu'on va tous se réveiller… Pourtant il ne fait rien et vous rentrez vous coucher pour abréger vos souffrances.

Votre jules vient même vous border.

— Je vais prendre soin de toi maintenant, tu verras.

Il embrasse doucement vos paupières closes puis vos lèvres. Il ne faudrait peut-être pas trop profiter de la situation quand même !

— Laisse-moi, il faut que je dorme.

— Bonne nuit, fais de beaux rêves !

De beaux rêves, vous parlez ! Prise d'un doute, vous vous relevez. Mais où va-t-elle dormir, l'autre ? Ce que vous voyez confirme vos doutes. Inge et cette truie sont en train de préparer un lit d'appoint dans la chambre de Luc.

– Tu parles, je n'en aurai pas besoin, on sera très bien serrés tous les deux dans son petit lit après notre folle nuit de retrouvailles, glousse-t-elle.

Vous avez la nausée. Vous partez à la recherche de Luc sans vous soucier de ne porter sur vous qu'une toute petite nuisette froufrouteuse choisie par Claire. Les sifflements des garçons, encore attablés, vous le rappellent.

Il fait nuit noire, mais vous le trouvez enfin, assis aux pieds des vignes. Il vous prend dans ses bras.

– On pourrait nous voir! chuchote-t-il.

– Je m'en fiche! Qu'est-ce que tu vas faire?

– Je ne sais pas!

– Tu l'aimes toujours?

– Tout devient si compliqué…

– Pas tant que ça!

Étant donné que ce n'est ni vous ni lui qui avez dit ça, il ne faut pas être sorti de Saint-Cyr pour comprendre que vous n'êtes pas seuls.

– Qui a dit ça?

– C'est moi! Fred sort de l'ombre. Tiens, Léa, j'étais venu t'apporter ça! Il vous tend froidement une veste.

– Je ne sais pas trop ce qui se passe et je ne veux surtout rien savoir. Je n'ai qu'une chose à vous dire… Il faut savoir fermer son cœur!

Et il repart…

– Fermer son cœur! N'importe quoi! On voit bien qu'il n'est pas amoureux!

– Il n'a peut-être pas tort, Léa, tu sais… On va faire pas mal de dégâts, et il va falloir faire des choix et les assumer.

Vous n'avez pas la force d'en écouter davantage et partez en courant, pleurant à nouveau comme une fontaine.

– Attends, Léa, j'ai dit ça… je voulais juste… c'était pour savoir…

Mais vous êtes déjà loin et n'entendez plus rien. Vous vous effondrez sur votre lit et passez une nuit agitée, encerclée par les chevaux, les loups, les truies…

Vous entendez des éclats de voix provenant de la chambre de Luc. Puis plus rien. Vous ne savez pas si c'est bon signe. Vous ne savez plus rien du tout.

Vous vous retrouvez autour de la table du petit déjeuner avec Inge. Laure vous rejoint presque aussitôt. Elle bâille et s'étire dans tous les sens, un sourire jusqu'aux oreilles.

– J'avalerais un bœuf après la nuit que je viens de passer ! J'ai besoin de reprendre des forces…

Vous avez envie de lui jeter votre bol de café brûlant à la figure en la regardant dévorer une montagne de petits pains au chocolat qui, soit dit en passant, lui feront plus de mal que de bien un jour ou l'autre.

– Et Luc ? demandez-vous timidement.

– Il dort encore, le pauvre chou. Avec ce que je lui ai fait subir. Dire que j'ai cru un instant que… Vous voulez que je vous raconte ?

Elle vous lance des petits clins d'œil lubriques qui vous donnent envie de planter vos griffes dans sa chemise de nuit en satin et de lui barbouiller la figure de confiture en appuyant bien sur les orbites. Vous tremblez comme une feuille. Avant de basculer complètement dans l'hystérie, vous préférez prendre vos affaires et rejoindre les autres à leur table. Jules vous attire contre lui et vous entoure de ses bras.

– Bien dormi, ma puce ? Tu veux que je te beurre tes tartines ?

– Hum… Oui.

Il n'est pas si mal en fait. Au moins, vous connaissez ses défauts, et il ne vous prendra plus en traître, lui ! Vous détestez Luc !

– Au fait, si ça tient toujours, j'ai réfléchi... J'accepte ta proposition. Mais il faudra que tu changes et que tu te tiennes à carreau. Et qu'on ne reparle plus jamais de ce que tu sais.

– C'est vrai ? Je suis super content ! Il se lève et vous fait tournoyer dans tous les sens. Tu ne le regretteras pas, tu verras.

Claire arrive, alertée par tout ce chahut.

– Qu'est-ce qui se passe ?

– Léa va devenir ma femme !

– Quoi ? Mais enfin, Léa, ça ne va pas ! Tu es tombée sur la tête en faisant du cheval !

– Elle n'a pas fait de cheval.

– Léa, regarde-moi, tu ne vas pas faire ça à cause de cette...

– Arrête, Claire, intervient fermement Fred. Tais-toi, ça ne te regarde pas !

– Comment ça ? C'est ma meilleure amie et je dis ce que je veux, j'ai le droit de dévoiler la vérité si je veux !

– Ah ! parlons-en de la vérité, tiens ! Viens ! Toi aussi, Alex, nous allons avoir une petite conversation des plus intéressantes.

Ils s'éloignent tous les trois et s'installent en rond autour des cendres du feu de camp d'hier. Vous les suivez. Fred jette sur le tapis tout ce qu'il a sur le cœur. Alex fait des bonds à mesure qu'il lui dévoile les faits : votre petit jeu stupide et le choix qu'il a demandé à Claire de faire et dont il n'est pas très fier. Il lui dit qu'il ne voulait surtout pas le blesser et ça ne peut plus durer puisque Claire n'est même pas fichue de se décider entre les deux.

Alex et Fred discutent tous les deux calmement pendant un long moment, ignorant complètement la principale inté-ressée qui tente pourtant de se justifier.

– Doutes comme tout le monde... vous aime tous les deux... peur de faire une énorme boulette... traumatisme qui remonte à l'enfance... parents divorcés... peur de m'engager...

Mais rien n'y fait! Après s'être concertés, nos deux aventuriers ont voté et leur sentence est irrévocable : leur flamme s'est éteinte, Claire, tu es éliminée !

Vous vous empressez de ramasser les petits morceaux de cœur éparpillés de votre amie, mais ils ne sont pas aussi durs à recoller que vous l'auriez imaginé.

— Ça va aller, Claire ?

— Oh oui, ne t'en fais pas ! C'était sûrement la meilleure chose qui pouvait m'arriver. Tu sais, Fred, si je l'ai déjà quitté une fois, c'est que je devais avoir de bonnes raisons. Quant à Alex, il est sympa, mais il n'est pas fait pour moi. Et puis...

— Quoi ?

Vous trouvez quand même ça louche.

— C'est juste qu'il y a... enfin, rien d'important. Ce qui compte, c'est toi ! Peux-tu me regarder droit dans les yeux et me dire que tu veux vraiment épouser Jules ?

— Voui... C'est la décision la plus sage à prendre. C'est mieux pour tout le monde. Laure est revenue. Luc ne m'aime pas. OUINNN ! Vous vous liquéfiez. Pourquoi est-ce parfois aussi difficile de savoir ce qu'on doit faire dans la vie ?

Claire vous prend dans ses bras en vous berçant légèrement comme un bébé en pleurs qu'on essaie de calmer, sans trop savoir comment s'y prendre...

— On va trouver une solution !

6
Simplement sans penser à demain...

Pour cette dernière journée, vous avez décidé d'aller faire un petit tour du côté de l'Ombrie et de visiter *Orvieto*, une jolie ville bâtie sur un rocher de tuf. Vous partez donc tous ensemble, bien que le cœur n'y soit plus pour beaucoup d'entre vous et que personnellement, vous en étriperiez bien un ou deux.

Laure vous fait une visite guidée de la ville, vous faisant partager tous les petits détails historiques dont elle raffole, pour vous en mettre plein la vue.

– Vous savez, visiter cette ville, c'est comme traverser l'histoire, parce qu'on y retrouve les traces de chaque époque, de presque trois millénaires...

Ben c'est bien, comme ça t'auras vu l'essentiel, heureusement que tu n'es pas arrivée avant! Vous l'avez pensé très fort, mais vous n'avez rien dit, comme souvent.

Vous visitez le *Duomo*, dont on (toujours Laure) dit que c'est la plus belle et la plus fantastique cathédrale de la région.

Vous vous éloignez un peu du groupe pour ne pas entendre les détails de sa construction qui débuta le 13 novembre 1290 et nécessita quatre siècles de travaux. Mais vous ne pouvez pas vous empêcher de rire lorsque vous voyez un des employés faire de grands signes à Inge pour lui montrer le panneau représentant des morceaux d'anatomie barrés de grandes croix rouges. Avec délicatesse, le monsieur lui pose à même la peau des espèces de grands champs chirurgicaux, là où sa nudité est trop explicite pour un lieu de culte tel que celui-ci.

Le pauvre doit faire plusieurs allers-retours parce qu'il n'a pas assez de papier.

À plusieurs reprises, Luc essaie de se placer en travers de votre chemin, mais à chaque fois, vous l'esquivez habilement. Vous faites une halte dans un charmant petit restaurant aménagé dans la sacristie d'une église. Vous chipotez dans votre assiette de *tagliata* de thon frais en croûte de sésame et de haricots à l'oignon, écoutant la conversation d'une oreille distraite.

Après ce déjeuner un peu froid, vous reprenez le cours de votre excursion. Cette fascinante visite vous mène dans les entrailles de la ville. Vous découvrez une vie souterraine parallèle où se cache un nombre incalculable de cavités qui forment un labyrinthe de galeries, citernes et passages qui se croisent et se superposent. C'est magnifique! Un lieu de promenade des plus romantiques, si on s'y promène avec la bonne personne… Les habitants utilisaient ces caves pour conserver la nourriture avant l'invention du réfrigérateur et y ont creusé d'énormes puits, toujours plus profonds au fil des siècles, pour s'approvisionner en eau.

— Et il n'y avait pas que de l'eau. Du vin aussi! vous précise Miss Puits de science (vous savez maintenant d'où Luc tient ce penchant pour les détails historiques). *Orvieto* était connue autrefois sous le nom de *Oinarea*, c'est-à-dire « où coule le vin ».

Toute cette culture vous écœure! Mais vous appréciez la fraîcheur des lieux et la pénombre reposante. Vous errez au hasard des allées et tombez nez à nez avec Luc. Comme par hasard!

— Léa, il faut qu'on parle!

— Non, elle m'a déjà tout raconté. Laisse-moi passer!

Luc, les bras grands ouverts, vous barre la route.

– Je ne veux pas que ça finisse comme ça…

– Tu n'es qu'un menteur, je te déteste! C'est tout ce que j'ai à te dire!

Les mots résonnent à travers les alcôves et l'écho rebondit sur la roche volcanique. Jules vous rejoint en courant, alerté par vos cris.

– Qu'est-ce qui se passe ici?

– C'est rien, je suis désolé, je lui ai fait mal sans le faire exprès. Une regrettable erreur…

Vous tenez votre petit cœur en lambeaux sous votre bras en écharpe.

– Tu pourrais faire attention, quand même! Je sais que ce n'est qu'une petite foulure, mais la blessure ne va jamais se réparer si tu t'y mets!

– Jules, il faut que je te dise…

Luc s'apprête certainement à dire quelque chose de très intéressant, mais vous prenez votre jules sous le bras et tournez les talons.

Certains passent le reste de l'après-midi à visiter la *Torre del Moro* dont il paraît que, après la difficile ascension jusqu'au sommet qui vous coupe les jambes, la beauté du panorama s'offrant à vous est à couper le souffle. Vous, vous préférez flâner dans les jardins qui bordent la ville. Assise sur les marches d'un grand amphithéâtre, vous sortez votre outil. Une pluie de mots jaillit de votre tête et passe par vos doigts agiles. Vous tapez avec frénésie, rien ne peut vous arrêter. Vous relisez le premier jet que vous venez de pondre. C'est tellement triste que vous sentez les larmes vous monter aux yeux. Vous refermez énergiquement le capot. Il faudra sans doute attendre que vous soyez un peu moins malheureuse. C'est vraiment trop compliqué comme métier…

Vous rentrez tous un peu fatigués de cette longue journée et vous vous préparez pour la dernière soirée. Les garçons sont guillerets et bien décidés à fêter ça dignement.

D'habitude, vous êtes toujours un brin nostalgique lorsque les vacances se terminent, mais là, vous êtes presque soulagée. Vous avez hâte de vous retrouver dans votre petit nid douillet et d'oublier tout ça. Vous caressez l'eau de la piscine en y laissant quelques gouttes de regret et vous jurez d'y revenir un jour dans d'autres circonstances…

– À ces vacances !

Vous trinquez tous ensemble.

– À l'amitié et… à l'amour !

– Moi, je lève mon verre à Inge, sans qui tout ceci n'aurait pas été possible ! lance Laure en vous regardant droit dans les yeux.

– Comment ça ?

Vous buvez une grande gorgée de punch.

– Eh bien, c'est Inge qui a tout arrangé, et je l'en remercie beaucoup !

Vous avez envie de serrer votre verre très fort pour qu'il éclate sous vos doigts, mais vous avez la trouille de vous entailler la main.

– Mais…

– Elle m'a appelée et m'a dit combien Luc était malheureux. Je n'ai eu qu'à sauter dans un avion pour vous rejoindre.

– Je n'étais pas malheureux, proteste Luc.

– Tu n'es vraiment qu'une…

– Léa, qu'est-ce qui te prend ? C'est gentil de sa part de vouloir jouer les bonnes fées.

Jules vous regarde, étonné.

– Tu parles, jouer les saintes-nitouches, oui ! J'étais là l'autre nuit et j'ai tout vu !

— Je né vois pas dé quoi tou parles, Léa. La colère té fait dérailler !

— Mais oui ! Tu vas nier encore longtemps pour toi et Pierre-Mathieu…

— Arrête, Léa, tu vas le regretter ! tente timidement Hugues.

— Toi, ne te mêle pas de ça ! Je sais bien que tu la couvres depuis cette nuit-là !

— Non, Léa…

— Jé né absolument rien fait !

Inge fond en larmes.

— Allez, c'est facile, pleure ! Joue la petite vierge effarouchée comme tu sais si bien le faire. Ça ne prend pas avec moi !

— Mais cé n'était pas moi ! parvient-elle à articuler entre deux sanglots.

— Qui veux-tu que ce soit ? Claire peut-être ! Comme je suis sûre que ce n'était pas moi, je ne vois pas d'autres possibilités ! QUI alors ?

Vous êtes carrément debout en train de hurler en tapant du poing sur la table.

— C'était moi ! dit une toute petite voix qui semble sortie d'outre-tombe.

Heureusement que vous veniez de vous rasseoir. Tous les yeux sont braqués sur la voix et le silence qui règne vous donne des bourdonnements dans les oreilles.

— Non, ce n'est pas possible ! Ça ne peut pas être toi !

J'ai entendu Clarence hurler que Pierre-Mathieu venait de la tromper. Et le lendemain, elle m'a même dit de tenir mon jules à l'œil ! Ça ne peut donc pas être TOI avec ELLE, ça n'a pas de sens !

— Pas avec elle, mais avec… Pierre-Mathieu. Je suis désolé !

Les bras vous en tombent et tout le reste avec.

— Mais depuis quand… ?

— Tu veux dire, depuis quand je suis homosexuel ? Eh bien, depuis toujours, je crois… dit-il avec un petit rire nerveux.

Hugues. Hugues et Pierre-Mathieu ! Vous n'en revenez toujours pas.

— Mais pourquoi ne nous as-tu jamais rien dit ?

— Je crois que j'avais peur que vous… enfin que Jules ne veuille plus être mon ami après ça.

C'est vrai que la tolérance n'est pas la plus grande vertu de Jules, mais quand même ! Cacher une chose aussi importante à ceux que vous aimez… Vous devez être de bien piètres amis.

Pauvre Hugues ! Vous regardez votre jules. Il ressemble au lapin de *Tex Avery*, yeux exorbités et langue pendante.

— Tu n'en pinces pas pour moi, au moins ? demande le lapin.

— Non, pas du tout, tu n'es pas mon type !

Le lapin semble soulagé et trinque avec son jus de tequila carotte pour lui montrer qu'il ne lui en veut pas. Manquerait plus que ça ! Tout le monde est un peu sous le choc et en oublie la pauvre Clarence dans tout ça…

La soirée se prolonge jusque tard dans la nuit. Vous laissez les deux amis s'expliquer calmement. Inge vous rejoint les yeux encore boursouflés.

— Tou sais, jé né l'ai pas fait exprès ! Jé né savais pas encore pour toi et Louc. C'est toi qui m'as dit lé premier jour qu'il devait encore être amoureux d'elle !

Vous allez voir, ça va être de votre faute en plus ! Cela dit, son explication tient la route. En plus, on ne peut pas le nier, elle a bien tenu sa langue concernant les petits secrets de chacun. Vous n'êtes pas sûre que vous en auriez fait autant à sa place.

— Jé né pouvais pas savoir qué ça finirait ainsi. Jé souis désolée.

— Ça va, j'te dis !

Il ne faut pas pousser. Vous ne pouvez quand même pas lui donner une petite tape sur la tête et gentiment lui offrir votre pardon après l'énorme boulet qu'elle vient de laisser tomber sur votre château de cartes, même sans le vouloir.

Vous regardez Luc s'éloigner vers la maison. Vous avez envie de courir le rejoindre, mais une petite voix vous empêche de le faire.

– Bonne nuit, les filles, je vais me coucher! C'est Laure, avec le même petit sourire gourmand que ce matin. Dis donc, Léa, pour mettre les pieds dans le plat, tu te poses là!

– DIS DONC, LAURE, TON MEC, C'EST MOI QU'IL AIME!

Cette réplique, qui aurait eu le mérite de remettre les choses à leur place, et peut-être de transformer le cours de votre existence, en est restée au stade du dialogue intérieur. Vous en crevez d'envie, mais n'osez le lui dire parce que Jules serait immanquablement au courant dans les trois secondes. Et effectivement, vous avez assez fait de dégâts pour ce soir.

– Alors fais attention à bien ranger tes plats, ma chère Laure, je pourrais bien marcher dessus un de ces jours! est ce que vous avez trouvé de mieux à dire.

Vous regagnez votre chambre et consultez votre liste des choses à faire à votre retour en essayant de retrouver votre calme. Finalement, vous n'avez plus grand-chose à faire par rapport à vos prévisions de ces derniers jours.

Vous rayez :

- Trouver un appartement

- Prévenir votre mère que vous n'épousez pas Jules et que vous avez un nouveau jules

Et la mort dans l'âme, vous barrez également :

- Etre heureuse avec Luc

Vous lâchez votre stylo, vous vous endormez.

Le lendemain, vous vous réveillez de très bonne heure, mais sans bonne humeur. Vous jetez à la hâte vos affaires dans les valises et essayez de faire rentrer le tout à l'intérieur en vous asseyant dessus. Vous avez remarqué comme les valises deviennent toujours beaucoup plus étroites au retour ?

Vous vous accordez une dernière pause dans la piscine. Vous faites la planche en vous tenant bien droite, les oreilles dans l'eau pour ne plus entendre que le bruit des fonds marins (enfin, ceux de la piscine). Vous heurtez quelque chose et vous vous relevez en poussant un cri. C'est le requin Luc qui vous tourne encore autour. Il vous prend par le bras (l'autre bras !). Vous essayez de prendre la fuite.

— Il faut que tu m'écoutes !

— On n'a plus rien à se dire.

— Je regrette, Léa, je regrette tellement. J'aurais voulu que notre histoire ne s'arrête jamais.

— Tu n'avais qu'à y penser avant ! Laure est là maintenant et tu n'as plus besoin de moi !

— Non, avec Laure c'est fini, je te l'ai dit ! Je ne sais pas comment elle a pu penser qu'elle allait revenir comme ça, en claquant des doigts.

— Mais pourtant, elle nous a dit…

— Je ne sais pas ce qu'elle a raconté, mais c'est sûrement n'importe quoi… Elle a voulu se venger, c'est tout. C'est elle qui nous a vus l'autre jour dans la piscine. Elle est arrivée avant les autres et pensait me faire une surprise. Elle est repartie aussitôt.

— Mais… pourquoi ne m'as-tu rien dit ?

— J'ai essayé, Léa, mais tu n'as pas voulu m'écouter. Et puis, elle menaçait d'aller tout raconter à Jules, et je savais que tu ne voulais pas que ça se passe comme ça.

Vous voyez tout tourner. Luc vous soutient. Vous discernez sa bouche à quelques centimètres de la vôtre. Vous sentez son parfum.

— C'est trop tard maintenant, je lui ai dit oui.

— Il est encore temps de revenir sur ta décision…

Il vous agrippe la nuque en essayant de vous embrasser. Vous vous dégagez. Vous pleurez.

— Je t'aime, Léa !

— Non, c'est trop tard. Je ne peux pas lui faire ça.

Vous sortez en courant de la piscine et heurtez Jules en passant.

— Qu'est-ce que tu as ?

— Rien, un moustique dans l'œil…

Vous vous effondrez sur votre lit. Vous avez dû battre le record pluviométrique de l'Italie tout entière ces derniers jours.

Claire vient doucement frapper à votre porte.

— Il est temps Léa, il faut partir, notre avion décolle dans quatre heures.

Avec toutes ces émotions, vous en avez oublié que vous alliez devoir remonter dans ce foutu zinc et n'avez pas mis votre patch tranquillisant.

Après avoir fait vos adieux à Monica, vous rejoignez l'aéroport, chargés comme des mulets.

L'avion est prévu à l'heure pour une fois. Vous passez votre urne funéraire aux rayons X de la douane. Vous avez les mains moites. Même si vous savez que ce sont des faux, vous ne pouvez vous empêcher d'avoir des frissons dans le dos. Ils ont retrouvé les voleurs de bijoux et ces imitations font bien rire ces messieurs qui se les passent de main en main pour les inspecter. Vous riez aussi.

Vous vous installez à côté de Jules et bouclez votre ceinture ainsi que le reste durant tout le vol. Il vous tient gentiment la main pour le décollage. C'est sans doute la première fois que cela lui arrive. Vous observez Laure babiller joyeusement près de Luc qui ne desserre pas les mâchoires. Arrête ton cinéma ma pauvre fille, je sais tout! En fait, vous ne savez pas ce qu'il y a de pire : aimer quelqu'un et savoir qu'il en aime une autre, ou bien savoir qu'il vous aime et être sur le point d'en épouser un autre…

Jules tripote toujours votre menotte.

– Tu ne portes pas ta bague?

– Non… elle me serre trop, murmurez-vous avant de vous endormir jusqu'à l'atterrissage.

À l'arrivée, tout le monde s'embrasse, se remerciant mutuellement pour ces merveilleuses vacances. Vous jetez un dernier regard à Luc avant de vous engouffrer dans un taxi avec Jules et Hugues.

Vous êtes contente d'arriver enfin chez vous. Vous faites le tour du propriétaire pour vérifier que tout est en ordre. C'est rassurant de voir qu'il y a des choses qui restent à leur place malgré tout. Vous consultez les messages sur le répondeur tout en enfournant une pizza dans le micro-ondes.

Bip. C'est maman. J'espère que vous êtes bien rentrés. Et félicitations !

Bip. C'est Cathy. Je voulais être la première à vous féliciter. On fête ça à votre retour. Et vive les mariés !

Bip. C'est le plombier. Je n'ai pas pu faire les réparations. J'aurai les pièces dans un mois. Ne pas se servir des toilettes d'ici là.

Bip. Bonjour, c'est les cuisines Mites. Vous êtes les heureux gagnants d'un porte-clés en or massif. Nous serons ravis de vous remettre ce magnifique lot en échange de l'achat d'une de nos merveilleuses cuisines tout équipées et blablabla bla bla.

Bip. C'est le banquier. Mademoiselle Jane, nous avons noté une activité anormale sur votre compte en banque, bien au-delà de votre découvert autorisé. Merci de nous contacter au plus vite pour régulariser la situation.

Bip. C'est maman. J'espère que vous êtes bien rentrés.

Vous appelez rapidement votre mère pour la rassurer en évitant soigneusement certains sujets dont vous n'avez pas envie de parler ce soir. Super vacances, beau temps, bien bronzée, bien bu, bien mangé. Vous la rappellerez.

— Tu restes manger avec nous ? demandez-vous à Hugues.

— Heu… je ne voudrais pas déranger. Vous devez avoir envie d'être un peu seuls.

— Non, ne t'inquiète pas, ça me fait plaisir.

Vous avez deux ou trois petites choses à vous faire pardonner et n'avez aucune envie de passer une soirée en tête-à-tête avec votre futur mari à établir la liste des invités et décider si ce sera viande ou poisson, frites ou purée de potiron.

— Tu ne m'en veux pas trop d'avoir fait cette gaffe ?

— Non ! Je devrais même te remercier. Je me sens soulagé de ne plus avoir à me cacher, car je n'aurais jamais eu le courage de tout vous avouer.

— Quand je pense à toutes les copines que je t'ai présentées : des blondes, des brunes, des rousses, des petites, des maigres, des rondes. Je me disais que tu étais bien difficile !

— C'est vrai que tu étais un peu lourde avec ça ! Par contre, parmi tes copains, il y en a bien un ou deux qui…

Vous rigolez tous les deux et vous le serrez fort dans vos bras.

— Je sais que j'ai été un peu trop présent ces derniers temps. Je vais essayer de me faire plus petit.

Oh non, il ne va pas vous lâcher maintenant ! Au moment où vous avez le plus besoin de sa présence.

— Non, Jules risque d'avoir besoin de toi dans les semaines à venir !

Mais pourquoi donc ? Vous sentez que c'est la question qui va suivre.

— Pourquoi ? Tu ne vas pas le quitter au moins ! Fred m'a raconté qu'il vous avait vu toi et...

À bien y réfléchir, si vous faites le compte sur vos petits doigts, tout le monde doit être au courant... sauf votre jules ! Vous paniquez un peu.

— Les apparences sont parfois trompeuses ! Tu es bien placé pour le savoir !

Hugues est soulagé. Vous aussi. Vous passez à table et discutez de tout et de rien, comme avant...

Vous vous glissez dans les draps frais sans avoir eu le courage de défaire vos bagages. C'est étrange de vous retrouver ainsi à côté de votre jules. Il se plaque contre vous et vous dit combien il est heureux que tout se soit arrangé. Il remonte votre chemise de nuit. Vous bloquez sa main.

— Non pas ce soir, je suis crevée par le voyage.

— S'il te plaît, ça fait trop longtemps...

— Non, je n'en ai pas envie !

Jules se relève et s'assoit, allumant au passage la grande lampe qui vous éblouit.

— Alors il faut qu'on parle ! Il faut que tu me dises qui c'est !

— Ah non, on était d'accord ! On ne devait plus jamais reparler de tout ça.

— Mais j'ai le droit de savoir ! Regarde, moi, je ne t'ai rien caché pour Véronique. C'est pour ça qu'on a pu repartir sur des bases solides.

— Solides, tu parles ! Tu es vraiment aveugle, mon pauvre Jules ! Ah c'est sûr... Vu la position dans laquelle je vous ai trouvés, il n'y avait plus grand-chose à cacher !

Vous prenez votre oreiller et partez dormir dans la chambre d'amis en fermant à double tour. Vous vous sentez nauséeuse et passez la nuit la tête au-dessus de la cuvette des toilettes. L'espace d'un instant, vous avez eu un doute sur l'efficacité de cette pilule, mais vous l'avez vite évacué et mis ça sur le compte du stress de ces derniers jours…

Le lendemain, vous retrouvez Claire pour votre cérémonial de dernière journée de liberté. Parce que demain, le cœur un peu gros, il va falloir remettre le collier, le tailleur, les petits souliers fermés, rouvrir ses petits dossiers. Rien que d'y penser, vous avez le moral dans les chaussettes.

Vous la retrouvez devant la station de métro Louvre Rivoli, radieuse, et pendue au cou d'un type que vous ne connaissez pas.

— Je te présente Éric !

Et c'est reparti pour une nouvelle saison.

Elle embrasse le charmant garçon en lui disant « à ce soir » et vous prend gaiement par le bras avec l'air d'une gamine de dix ans qui vient de découvrir que les patins ne sont pas uniquement de petites galoches à la lame tranchante.

— Éric est l'homme de ma vie, j'en suis certaine !

— Tu es vraiment impossible !

Vous arrivez chez Jacques O, votre coiffeur habituel qui fait partie du rituel *je retrouve ma bonne humeur*. Il vous fait patienter devant une pile de magazines avec les nouveaux modèles, même s'il sait pertinemment qu'en matière de coiffure, votre seul mot d'ordre est fidélité.

Claire vous chuchote qu'on devrait peut-être le présenter à Hugues…

— Je te signale qu'il est marié et a deux enfants.

— Ah bon ? Mais il est coiffeur pourtant ! Je plai-san-te !

C'est Sonia, une charmante coiffeuse aux cheveux multi-colores lui donnant un faux air de perruche ondulée, qui aura l'honneur de s'occuper de vos mèches aujourd'hui.

— Alors, mademoiselle Jane, qu'est-ce qu'on vous fait ? Oh là là, on a le cheveu gras ! Quand est-ce qu'on s'est lavé les cheveux pour la dernière fois ? Ce matin... hum... On fait un soin, on répare un peu les dégâts, on coupe sans toucher à la longueur et on cache ce joli front sans faire de frange ?

— Oui, c'est parfait !

De toute façon, même lorsque vous n'aimez pas, vous n'osez pas le dire. Vous vous contentez de tournicoter vos mèches dans tous les sens en disant : « On se rendra mieux compte demain ». Malheureusement, le lendemain, c'est souvent pire, car vos mains indélicates ne parviennent pas à reproduire les effets savamment travaillés qui vous plaçaient, selon votre coiffeur, au sommet de la *branchitude*.

Pendant que vous cuisez sous les lampes pour parfaire votre blondeur naturelle, vous fermez les yeux et écoutez tranquillement ces petits « pia-pia-pia » reposants pour l'âme et les neurones :

— Dame aux cheveux mauves sous le casque : Il paraît qu'on a retrouvé Paris Hilton à califourchon sur un autre homme.

— Dame aux cheveux mouillés au bac : Et Cameron Diaz. Terminé avec Paul ! Ah, de mon temps, on savait garder un homme !

Lorsque la perruche a lancé le sujet « Amour VIP », vous avez senti vos cheveux se hérisser et les antennes de Claire se dresser. Un célèbre site de rencontres vient de lancer son club pour riches en mal d'amour ou plus si affinités... Et la coiffeuse a, paraît-il, réussi à pénétrer dans ce cercle très fermé.

— Ben, c'est pas que pour les riches, alors ? demande Claire mi-moqueuse, mi-jalouse.

La perruche lui répond que la richesse intérieure, ça compte. Curieuses comme vous êtes, vous vous êtes jetées sur l'ordinateur en rentrant chez Claire.

– Allez, on essaie… juste pour rire, vous a promis votre amie.

Vous vous soumettez à un questionnaire assez poussé : un autoportrait, vos atouts de séduction, votre leitmotiv (la coiffeuse avait un peu coincé sur ce point). Pour votre soirée idéale, vous avez mis champagne et paillettes. Hé, hé! Vous n'allez tout de même pas vous faire avoir en leur disant que vous préférez une bière accompagnée d'une moules-frites. Votre silhouette? hum… Vous vous demandez si certaines cochent la case quelques kilos en trop? De toute façon, la photo est obligatoire (eh oui, les riches n'aiment pas les moches, c'est bien connu!). Vous vous amusez à retoucher vos photos en y ajoutant quelques attributs bien placés. Pour ce qui est des sous, honnêtement, on ne vous a pas demandé d'état bancaire, juste votre situation professionnelle : future romancière, ça fait son petit effet! Une fois ce profil renseigné, vous allez être jugée par vos pairs (la coiffeuse vous avait dit par son père, mais ça vous étonnait aussi) qui vont accepter, ou pas, votre candidature… Allez-vous avoir la chance de faire partie des hautes sphères? Bon, le prix de l'abonnement est un peu dissuasif, mais comme vous le fait remarquer très justement Claire, c'est logique, parce que si vous êtes là, c'est que vous êtes censée être riche! Du coup, vous n'osez pas appuyer sur la touche valider et préférez laisser Claire rêvasser au beau prince, charmant, intelligent et pété de tunes qu'elle aurait pu dénicher à ce prix-là.

– Merci, Claire, je me suis bien amusée!

– Oui c'était sympa! Tiens, tu sais qu'ils ont lancé un site de rencontres uniquement réservé aux gens mariés? Tu … pourras bientôt le tester!

– Ça c'est mesquin, Claire.

– Je sais ! Mais je ne peux pas m'empêcher de penser que tu ne devrais pas rester dans cet état.

– Quel état ? Ça va, je t'assure.

– Allez, Léa, pas à moi ! Je sais bien que tu en crèves de ne pas le voir. Crois-moi, tu devrais l'appeler. Tu peux encore changer d'avis !

Sur le chemin du retour, vous faites une petite halte chez votre grand-mère pour récupérer votre chien, Roxérouky. Vous lui trouvez quelque chose de changé (au chien, pas à mamie Lucette !).

– Mais non, il pas pris un gramme ! vous assure mamie Lucette. Cette pauvre bête, qui n'a que la peau sur les os, tout comme toi d'ailleurs, était affamée, c'est tout !

Le vétérinaire vous regardera encore de travers en vous disant que l'obésité est un problème à prendre très au sérieux. Vous repartirez la tête basse et la pauvre bête avec son sac de croquettes de régime. 80 unités par jour, pas une de plus. Le Weight Watchers du chien. Sans l'humiliation de la pesée en groupe !

Vous discutez un moment avec votre grand-mère de tout et de rien, mais le cœur n'y est pas, vous repensez aux paroles de Claire… et rentrez chez vous en traînant votre boulet de caniche derrière vous.

Ce soir, vous êtes seule à la maison. Votre jules est parti rendre visite à ses parents. Vous vous faites couler un bain, prenez un bon bouquin et mettez la musique à fond. Vous réfléchissez à ce que vous a dit Claire lorsque vous entendez les premières mesures de votre chanson, celle qui rappelle ce merveilleux moment. La sonnerie du téléphone vous fait sursauter. Vous priez pour que ce soit Luc. Ce n'est que la mère de Jules qui tenait à vous féliciter. Vous restez tremper dans votre mousse jusqu'à ce qu'elle devienne glacée.

Vous vous faites livrer un repas chinois auquel vous touchez à peine. Vous sortez votre ordinateur de sa petite sacoche, mais l'inspiration ne vient pas.

Vous préférez aller vous coucher avant le retour de Jules pour être en forme le lendemain pour affronter Courtevue et son cerbère.

7
Chacun sa route, chacun son chemin…

5 h 59 Driiiiiinnng
Vous sortez péniblement du lit, posant un pied après l'autre, les yeux encore tout collés et gonflés de fatigue. Vous prenez votre café serré en écoutant religieusement les informations à la radio pour vous mettre en condition avant d'aller bosser : encore deux cent cinquante licenciements, la bourse de Paris a encore perdu trois points, il faut être réaliste, on n'a encore rien vu, le pire reste à venir, l'avenir est bouché, on a les mêmes conditions qu'en 1929 voire pires, on trouve des solutions anti-crise pour consommer malin : des magasins proposent des produits avariés à prix discount… Ça, c'est sûr, c'est du « remonte moral » en barre.

Vous enfilez votre costume de commerciale aux dents affûtées prêtes à rayer le plancher, puis vous vous engouffrez dans la rame de métro bondée, les écouteurs bien enfoncés dans le creux des oreilles.

Vous êtes ravie de revoir vos collègues et leur racontez vos merveilleuses vacances, sans la partie classée X, mais avec la terrible méprise de Claire qui les fait mourir de rire. C'est ingrat un collègue de travail ! Vous ne parlez à personne de la grande nouvelle…

D'autant qu'Aline vient de se joindre à vous pour vous signaler qu'il est plus que l'heure de regagner vos bureaux.

Vous retrouvez vos petits dossiers et votre ordinateur sur lequel vous commencez par remplacer votre fond d'écran actuel par une photo de la piscine de la *Metina*, histoire de continuer à rêver un peu…

Vous posez votre boule à étoiles sur le bureau avec l'impression qu'on essaie de vous essorer le cœur en le tordant dans tous les sens. Ça fait mal. Vous passez en revue vos photos de vacances et voyez partout la tête de ce mal qui vous étreint.

La sonnerie du téléphone vous tire de votre rêverie. Réunion au sommet, tous les membres de l'équipe sont convoqués.

— C'est la crise ! J'espère que vous vous êtes bien reposés pendant vos vacances, parce vous allez avoir du pain sur la planche. Par les temps qui courent, vous avez intérêt à veiller sur votre entreprise bien plus qu'elle ne veille sur vous !

Le petit homme n'a pas changé. Sa jolie voiture, si.

Quelquefois, vous rêvez que vous oubliez malencontreusement de mettre votre frein à main sur le parking en pente. Mais ça vous coûterait trop cher en assurance. Vous prenez donc votre mal en patience.

Vous passez une bonne heure à passer en revue les dossiers qui sont sur le feu, mais n'aboutissent jamais. À qui la faute …

Puis les troupes sont libérées.

— Action et réaction !

— Oui, chef ! répondez-vous en chœur.

— Mademoiselle Jane…

Zut ! Vous pensiez passer à travers…

— Pour cette conduite inqualifiable pendant vos vacances…

— Oui…

– Vous serez privée de commissions sur les ventes cette année.

OK ! Puisque c'est comme ça, vous ne vendrez rien. De toute façon, vous ne voyez jamais la couleur de ces bonus parce qu'il y a toujours un indicateur qualité à la gomme qui ne colle pas. Retard de fabrication, retard de livraison, retard de règlement… Tout ça c'est pour votre pomme !

– Et on passe l'éponge. Pour cette fois…

Vous avez envie de lui dire que ce n'est qu'un pauvre idiot, qui dirige son entreprise comme un poulet dans le noir, tenant une prise de courant, qui cherche en tâtonnant à se brancher quelque part,[1] mais vous repensez au message de votre banquier. Et puis, il paraît que la gentillesse, ça conserve, alors vous ne voulez surtout pas rentrer dans son jeu et devenir comme lui.

– Heu, merci Monsieur Courtevue.

– Allez, au travail maintenant !

Vous restez enfermée dans votre bureau en attendant la pause déjeuner et appelez quelques clients. Ceux que vous aimez bien et avec qui vous pouvez papoter tranquillement, de tout sauf de boulot. Ce qu'il y a de bien dans cette période de l'année, c'est que tout le monde est encore détendu. C'est sans doute pour ça qu'on a inventé les vacances, pour que les gens travaillent mieux.

Après, il faudra attendre celles de Noël pour qu'ils retrouvent le sourire et c'est long, très long. Le temps aussi s'égrène lentement. Il n'est que 11h30 et vous n'en pouvez déjà plus. Votre ventre fait des gargouillis et la ceinture de votre pantalon vous scie le ventre. Vous rêvez d'un énorme plat de cannellonis arrosé d'un verre de *Chianti*…

---

(1)   Jacques Higelin Tom Bonbadilom

Vous vous connectez à MSN en espérant discuter avec quelques amis, mais il n'y a personne… Que peuvent-ils bien faire ? Vous sentez une petite vibration. Votre cœur bat la chamade. C'est un message de Luc ! Vous regardez fixement son nom clignoter sur l'écran sans oser l'ouvrir.

EspR qon restra bons amis

Vous auriez mieux fait de ne pas le lire. Vous ne voulez pas être son amie. Vous ne pouvez pas être son amie ! Vous voudriez même ne jamais l'avoir connu.

Vous ne répondez pas et sortez prendre votre pause déjeuner même si ça vous a légèrement coupé l'appétit.

— Il paraît qu'il y a un nouveau qui arrive aujourd'hui ! lance Jeff.

Tout le monde se tourne vers Aline.

— Oui, c'est vrai… dit-elle un peu gênée.

— Comment se fait-il que Courtevue ne nous en ait pas parlé ce matin ?

— Je ne sais pas. Je suppose qu'il attendait de signer son contrat.

— Et il va faire quoi au juste le nouveau ?

Vous verrez bien. M. Courtevue vous expliquera tout cet après-midi. Je ne suis pas habilitée à en parler, répond Aline d'un air pincé.

Bah, un nouveau… Vous n'avez rien contre, ça mettra un peu d'animation.

— On aurait préféré que ce soit une fille, nous !

C'est vrai que le bureau est déjà bourré de testostérone et que vous avez souvent davantage l'impression d'être sur un terrain de foot que dans une entreprise, mais vous les aimez bien ces petits gars qui sont aux petits soins pour vous.

À peine la dernière bouchée avalée, vous retournez au bureau. Il se tient là, devant vous. Super grand, super élégant, super fort.

– Léa, je vous présente votre nouveau chef, Philippe.

– Heu, enchantée… Nouveau chef ?

– Comme vos résultats ne sont pas bons, j'ai recruté Philippe pour muscler un peu tout ça.

Il y a mieux comme entrée en matière, mais bon…

– Je vous laisse faire connaissance et on se revoit plus tard. Philippe, ne lésinez pas sur les moyens, je veux des RE-SUL-TATS !

Vous passez l'après-midi avec ce bellâtre à lui montrer fièrement vos petits classements sur dossiers suspendus qui n'ont pas vraiment l'air de l'impressionner. Votre méthode de prospection ? Heu… Et bien, voyez-vous, le téléphone sonne tout le temps ici. C'est vrai, entre Courtevue qui vous demande toutes les cinq minutes à combien vous en êtes des objectifs, les collègues qui vous font des blagues et les prospects qui se trompent de numéro, vous n'avez pas une minute à vous.

Le temps que vous passez sur la route ? Ben, une heure matin et soir dans les transports en commun. Il vous parle stratégie de segmentation, campagne de télémarketing, plan d'actions à 5 ans… Houlala, dans 5 ans, vous…

Il vous dit qu'il va falloir tout revoir, changer vos vilaines habitudes. Ouiiiiiiiiiinnnnnnnn ! Vous sentez que votre vie va devenir un enfer.

Vous n'écoutez plus. En fait, c'est marrant comme les gens très beaux peuvent sembler si fades dès qu'ils ouvrent la bouche.

D'autant qu'il a l'air complètement hermétique à votre propre charme. Vous regardez discrètement votre montre. Il est 17h59. Vous commencez à préparer vos petites affaires.

– Vous partez déjà ?

– Oui, c'est la rentrée, vous savez ce que c'est, plein de trucs à régler.

– J'aurais pu vous offrir un verre pour continuer cette discussion…

Ah ben quand même !

– Non merci, je suis désolée, je dois vraiment filer. Une autre fois…

Vous faites le tour des bureaux pour saluer vos collègues et répondez par le signe du *zigouillage* de tête à tous les « Alors, il est comment ? ».

Enfin libre, vous soufflez un peu et flânez dans les rues. Vous relisez le texto de Luc : EspR qon restra bons amis.

Il y en avait un deuxième que vous n'aviez pas vu.

Mem si esperai +

Vous hésitez et répondez : moi oci !

Vous passez devant une boutique de robes de mariées et vous retrouvez à l'intérieur sans trop savoir pourquoi.

– Bonjour, madame, peut-on vous renseigner ?

– Non, je regarde… les robes de mariée.

– Ça tombe bien, nous ne vendons que ça ! vous dit la vendeuse en rigolant.

– Vous n'êtes pas enceinte ?

– Heu, non !

– Alors, ça va…

La dame vous explique qu'elle voit régulièrement arriver des jeunes femmes en pleurs à quelques semaines du mariage : « La petite robe que vous m'avez faite sur mesure en 34, il me la faudrait plutôt en 42 ! Comment ça, c'est pas possible ? »

Alors le coup de la p'tite graine germée dans le ventre, elle s'en méfie la vendeuse.

– La date de votre mariage ?

– Heu… on a encore un peu de temps...

– Et le futur marié ?

Alors là, vous n'avez que l'embarras du choix !

La dame vous passe quelques modèles, que vous essayez, juste par curiosité. Vous avez l'impression de regarder une autre fille dans le miroir, une fille toute triste qui regarde ailleurs, une pauvre fille transformée en grosse meringue vanille fraise. La vendeuse vous montre le costume de pingouin en queue-de-pie assorti. Voyant apparaître le reflet de Jules qui se tient bien droit à vos côtés et vous dit pour la vie, pour le vie, pour la vie, vous laissez échapper un cri et rentrez en courant dans la cabine d'essayage.

— Nous avons beaucoup d'autres modèles.

— Merci, je vais réfléchir…

Vous vous extirpez tant bien que mal de cette montagne de dentelle et sortez du magasin en courant.

Vous rentrez jusque chez vous à pied. L'air frais vous fait du bien. Jules est déjà rentré. Dès que vous pénétrez dans l'appartement, vous entendez

des voix et des éclats de rire.

— Alors cette journée ?

— Horrible !

— Ah bon, Courtevue t'a encore fait des misères ?

— Pire que ça. Dis, on peut se faire un petit resto ce soir ? Il faut qu'on parle !

— Ça ne peut pas attendre demain ? C'est que j'ai invité les potes, ce soir… on n'a pas terminé notre tournoi, tu comprends. Demain, promis !

— Hum…

— Tu ne m'en veux pas, dis ? Je te laisse même choisir le resto !

Vous entendez les rires fuser depuis le salon. En plus de Hugues, vous avez hérité d'Alex et Fred. Vous tournez un peu en rond et les rejoignez sans trop savoir que faire.

— Et Claire, ça va aller ? vous demande Alex.

– Oui, elle devrait s'en remettre !

– Ah, tant mieux !

Vous sentez une once de regret dans sa voix.

– Et Luc, quelqu'un a des nouvelles ?

– Non. Tu sais ce que c'est, quand il est avec Laure, on ne le voit plus.

– Ils ne sont pas EN-SEM-BLE ! sort tout seul de votre bouche.

– Ben ça m'étonnerait ! J'ai vu Laure sortir de chez lui ce matin de bonne heure en allant au bureau, dit Fred en vous regardant fixement.

Vous ne savez pas si ça vient de vous, mais le salon semble rétrécir au fur et à mesure que leur partie avance et que leurs cris redoublent. Vous étouffez ici. Vous prenez une douche, grignotez quelques gâteaux, appelez Claire qui n'est pas là…

Vous sortez sur la terrasse. La nuit est claire, il fait bon. Vous regardez la Grande Ourse. Vous essayez de l'attraper. Elle rit ! Si seulement vous ne l'aviez pas laissé filer…

Ce n'est pas possible, Fred a certainement dit cela exprès, rien que pour vous faire marcher. Qu'est-ce que ça peut bien vous faire de toute façon ? Non ! Vous devez en avoir le cœur net !

C'est vous qu'il aime, il vous l'a dit ! Vous ne pouvez pas rester là sans rien faire à vous regarder gâcher votre vie.

Vous ouvrez doucement le tiroir de votre commode et prenez quelques affaires. Vous passez la tête dans l'encadrement de la porte.

– Heu, Jules, je peux te parler deux minutes ?

– Oh non ! Pas maintenant, je suis sur le point de gagner la partie.

Tant pis ! Vous filez en claquant la porte derrière vous. Dans les escaliers, vous croisez Hugues qui revient avec un stock de munitions plus liquides que solides.

— Tu sors ?

— Oui… Tu prendras soin de lui ?

— Tu ne vas pas faire ça, Léa ?

— Je crois bien que si !

— Léa…

— Oui ?

— Fais attention à toi !

Vous sautez dans un bus qui vous dépose près de chez Luc. Vous arrivez devant sa porte, sûre de vous, et le cœur battant. Vous ne vous seriez jamais crue capable de ça. Vous entendez des rires. Un rire de fille… Vous collez l'oreille contre la porte. Vous avez dû vous tromper de porte. Non, c'est bien là ! Luc doit être en train de regarder un mauvais film à la télé pour passer le temps. Vous hésitez. Et si Fred avait raison ? Vous cognez doucement en retenant votre respiration.

— Ouuuiiii !

Laure vous ouvre, en peignoir avec une serviette sur la tête, l'oreille vissée au téléphone.

— Faut que j'te laisse. Oui c'est merveilleux ce qui arrive ! Ça ne pouvait pas mieux tomber !

Votre bouche est sèche, votre gorge serrée. Vous avez du mal à articuler.

— J'étais venue voir Luc.

— Il n'est pas là. Sorti acheter quelques trucs pour fêter ça !

Vous vous sentez faible. Vous sentez les gouttes de sueur dégouliner dans votre dos.

— Bon, ben tant pis !

— Je lui dirai que tu es passée, vous dit-elle en rigolant.

Vous détalez aussi vite que possible. Les larmes roulent comme des billes sur vos joues et vous ne voulez pas qu'elle vous voie dans cet état. Vous appuyez rageusement sur le bouton de l'ascenseur pour le faire venir plus vite et tombez nez à nez avec Luc. Il vous sourit.

— Qu'est-ce que tu fais là ?

— J'ai vu rire les étoiles, j'ai cru que… je me suis trompée. Tu t'es bien fichu de moi avec ta Laure.

— Non, laisse-moi t'expliquer…

Vous cherchez des yeux l'issue de secours, mais il vous pousse dans l'ascenseur. Il bloque la fermeture automatique des portes avant que vous n'ayez le temps de filer. Vous êtes un peu claustrophobe. Vous vous sentez prise au piège.

— Cette fois, tu ne partiras pas d'ici avant de m'avoir écouté !

— Je ne veux plus rien entendre !

Vous sanglotez de plus belle tout en le laissant vous attirer contre lui.

— Calme-toi. Je sais que les apparences sont contre moi, mais ce n'est pas du tout ce que tu imagines. Laure a quitté son mec et ne savait pas où aller. Elle m'a demandé de la dépanner, c'est l'histoire de quelques jours. C'est vrai qu'au départ, elle est venue ici pensant que… c'était fini avec toi. Mais elle ne représente plus rien pour moi, je te le jure. C'est toi que j'aime, Léa ! Et toutes les Laure du monde n'y changeront rien.

Wahou, on ne vous avait jamais dit de choses comme ça !

Après tout, son histoire paraît être vraie. Vous le laissez vous embrasser un peu, beaucoup… À passionnément, vous le laissez vous entraîner vers la chambre voisine de celle de Laure. À la folie, il vous enlève vos vêtements, et là, vous ne doutez plus du tout. Cette nuit fut tellement fabuleuse que vous n'avez pas eu besoin d'en rajouter pour étouffer les cris de rage qui passaient à travers la cloison.

8 h 59 Driiiiiinnng

Vous ouvrez un œil. Non, vous n'avez pas rêvé. Vous vous pelotonnez contre ce corps tout chaud. Il vous murmure qu'il est trop tard pour aller au bureau et vous passe le combiné.

— Aline, c'est Léa ! dites-vous d'une petite voix enrouée. Tu pourras dire à Courtevue que je suis souffrante et que je ne viendrai pas aujourd'hui.

Ni les jours suivants, vous retenez-vous d'ajouter. Oui, vous savez qu'il va hurler !

Vous passez la journée dans les draps froissés à vous découvrir et vous couvrir de baisers. Vous faites une petite pause pour reprendre des forces.

— Au fait, il a pris ça comment, Jules ?

— Ben, heu…

— Ne me dis pas que tu ne lui as rien dit ?

— Ben…

Il vous repasse le combiné. Vous composez le numéro de Jules.

— Mais où es-tu ? Tu es complètement folle, je me suis fait un sang d'encre ! Rentre immédiatement !

Vous préférez lui donner rendez-vous dans un petit café à deux pas de chez lui. Vous vous préparez mentalement. Vous avez le trac, comme avant de monter sur scène.

— Avant que tu partes, il faut que tu saches quelque chose d'important.

Luc vous regarde, un peu anxieux.

— QUOI ? Là, vous flippez carrément !

— Dans un mois, je pars en province.

— Mais pourquoi ?

— J'ai demandé ma mutation… J'en avais assez du stress de Paris, envie de changer d'air… Tu me suivras ?

Vous lâchez quelques bulles et restez un moment sur vos gardes, toujours en apnée. C'est tout ? Rien d'autre à déclarer ? Vous expirez.

— Je sais que c'est un peu précipité et que tu n'es sûrement pas prête à tout quitter comme

ça pour venir vivre avec moi, mais…

En fait, ça ne pouvait pas mieux tomber. En plus, vous adorez la campagne. Vous vous y voyez déjà, les paysages bucoliques, le bon air pur, le calme, les fleurs des champs, les bottes de foin, les vaches qui font *meuh meuh*, ça va être fantastique !

— Alors, tu crois que tu pourrais l'envisager ?

— OUI, je le veux !

Vous scellez votre PACS (Pacte d'Amoureux qui vont bientôt se trouver un p'tit coin de Campagne au Soleil) par un baiser langoureux et vous partez rejoindre Jules.

Vous l'apercevez à travers la vitre. Il tripote nerveusement sa petite cuillère touillant sa tasse vide. Vous tripotez fébrilement la lanière de votre sac à main. Il vous embrasse. Vous détournez légèrement la tête pour que ce bisou atterrisse sur votre joue.

— Qu'est-ce qui t'a pris de partir comme ça sans rien dire ? J'ai eu l'air de quoi, moi, devant les copains ?

— Je suis désolée.

— Où étais-tu ?

— Ça n'a pas d'importance. Vous fermez les yeux et déclamez votre tirade, très vite. Écoute, je ne vais pas y aller par quatre chemins. Je ne veux pas jouer la comédie plus longtemps. Je te quitte, Jules !

Vous reprenez votre respiration et laissez agir le silence.

— C'est à cause de l'autre ?

Vous faites un petit signe de tête.

– Mais bon sang, tu vas me dire qui c'est ? C'est un type de ton bureau, c'est sûr ! On rentre de vacances et hop, comme par hasard, tu me plaques du jour au lendemain !

Vous ne répondez rien. Vous n'osez plus bouger ni respirer.

Mais pourquoi diable les hommes attachent-ils plus d'importance au « qui c'est » plutôt qu'au « pourquoi » ?

– Je veux son nom ! De toute façon, j'irai t'attendre à la sortie tous les soirs s'il le faut et je leur casserai la figure un par un jusqu'à ce qu'ils crachent le morceau !

Tous les clients du bar se sont arrêtés de parler et vous observent.

– Oh non, ce n'est pas un de mes collègues !

– Ce n'est quand même pas Courtevue, Léa ? Dis-moi que ce n'est pas vrai !

Honnêtement, vous avez failli répondre par l'affirmative, juste pour avoir la paix et pouvoir fuir lâchement. Mais vous ne pouviez pas lui laisser croire ça ! Vous auriez aussi pu simplement lui dire que c'est Luc que vous aimez, que l'amour ça ne se commande pas, que c'est lui qui a tout gâché… Vous avez essayé, mais c'est resté coincé !

Vous savez pertinemment que ce qui peut vous simplifier la vie sur le moment peut devenir très compliqué le lendemain, mais en même temps…

Vous sortez votre petit calepin, celui qui devait vous servir à écrire votre chef-d'œuvre. Et vous écrivez, écrivez, écrivez… Les mots sortent, vous ne pouvez plus les arrêter. Jules ne dit plus rien, les clients se sont remis à boire.

Lorsque vous relevez la tête, il fait déjà nuit noire, et votre poignet est tout endolori. Vous tendez le carnet à Jules.

Je ne sais pas s'il comprendra, je ne sais pas si vous avez compris,
chers amis lecteurs, mais tout ce que je vous ai raconté est écrit là, noir
sur blanc! Peut-être même qu'un jour, cette histoire deviendra un roman
qui pourrait s'appeler « Fiche-moi la paix, Cupidon ! »

– Ne m'en veux pas, Jules…

– Tu reviendras, Léa! Je te jure que tu seras malheureuse
et que tu reviendras!

Soulagée d'un énorme poids, vous sortez et envoyez aussitôt un texto à Claire.

Jpar avc luc ;-)

Elle vous répond aussitôt.

Gnial! Mé tu par ou?

Ben c'est vrai ça, vous n'en savez rien en fait! Et c'est là
qu'un léger doute s'insinue dans votre esprit. Tout petit, mais
quand même… Claire vous a pourtant assez répété qu'en
amour, le premier commandement est de savoir où on va
avant de découvrir avec qui on y va! Bah, avec Luc, vous
partiriez au bout du monde…

Vous courez le rejoindre. Il vous attend sagement sur un
banc à proximité du café. Il vous enlace. Vos doutes s'évanouissent. Vous marchez tranquillement, main dans la main.

Vous tournez à droite et laissez derrière vous le quartier
de Jules. Vous êtes pressée de découvrir ce qui vous attend au
coin de la rue. Vous tournez à gauche et hâtez le pas, impatiente d'emprunter ce nouveau chemin. Vous êtes tellement
heureuse que vous ne remarquez pas que de l'autre côté de la
route, quelqu'un vous observe en ricanant.

Mais ça, c'est une autre histoire…

L'auteure :

Krystel Jacob est née en 1973 à Lorient.

Elle partage aujourd'hui sa vie entre la Bretagne et le centre de la France. Toute petite, elle décide de devenir écrivain. Mais on lui dit : « passe ton bac d'abord et trouve un vrai métier ! ». C'est ce qu'elle finit par faire en gardant cette idée dans un coin de sa caboche bretonne. Mais la petite fille, toujours cachée dans un coin de sa tête, n'est pas satisfaite. L'idée est restée intacte, l'envie encore plus forte… À 38 ans, elle se dit qu'il est grand temps de réaliser ce rêve un peu fou et décide de faire une pause dans sa carrière pour se consacrer à l'écriture.

Krystel Jacob étudie aujourd'hui les beaux-arts pour mettre ses mots en images.

Membre de la charte des auteurs et illustrateurs jeunesse, elle intervient en milieu scolaire pour partager sa passion et animer des ateliers d'écriture.

Elle est également chroniqueuse en littérature jeunesse sur France Bleu Berry.

www.krystel-jacob.com